W0265021

La félicité du loup

DU MÊME AUTEUR

Sofia s'habille toujours en noir, *Liana Levi, 2013*

Le Garçon sauvage, carnet de montagne, *Éditions Zoé, 2016; 10/18, 2017*

Les Huit Montagnes, *Stock, 2017 (Prix Médicis étranger 2017) ; Le Livre de Poche, 2018*

Sans jamais atteindre le sommet, *Stock, 2019* ; *Le Livre de Poche, 2021*

Carnets de New York, *Stock, 2020*

Paolo Cognetti

La félicité du loup

Traduit de l'italien
par Anita Rochedy

Stock
la cosmopolite

TITRE ORIGINAL :
La felicità del lupo

La traductrice remercie
Pro Helvetia, Fondation suisse pour la culture
pour son précieux soutien.

Couverture : © Raphaëlle Faguer

ISBN : 978-2-234-09227-3

© 2021 by Paolo Cognetti. Published in Italy
by Giulio Einaudi editore, Torino, 2021.

This edition is published by arrangement with Paolo Cognetti
in conjunction with its duly appointed agents MalaTesta Lit.
Ag., Milan, Italy & Books And More Agency #BAM, Paris,
France. All rights reserved.

© 2021, Éditions Stock pour la traduction française.

Pendant mes voyages, j'en suis venu à penser que les désirs et les aspirations des êtres faisaient partie de cette terre tout autant que le vent, les animaux solitaires, les champs éclatants de pierres et de toundra. J'en suis venu à penser, aussi bien, que cette terre poursuivait une existence parfaitement indépendante de la nôtre.

Barry Lopez, Rêves arctiques[1]

1. Barry Lopez, *Rêves arctiques*, traduction de Dominique Letellier Paris, Gallmeister, 2014, p. 16.

1

Un petit restaurant

Fausto avait quarante ans quand il se réfugia à Fontana Fredda, dans l'espoir de trouver un endroit pour recommencer. Il connaissait ces montagnes depuis qu'il était enfant, et le mal-être qu'il ressentait lorsqu'il en était loin avait été l'une des causes, si ce n'est *la* cause, des problèmes avec celle qui était presque devenue sa femme. Après leur séparation il avait loué un meublé là-haut et passé un septembre, un octobre et un novembre à s'échiner sur les sentiers, à ramasser du bois en forêt et à dîner devant le poêle, savourant le sel de la liberté et remâchant l'amertume de la solitude. Il écrivait, aussi, ou plutôt il essayait : à l'automne il vit les troupeaux quitter les alpages, les aiguilles des mélèzes jaunir puis tomber, jusqu'au jour où, aux premières neiges, même en ayant réduit ses besoins à l'os, il finit par ne plus avoir un sou de côté. L'hiver lui présentait la facture d'une année difficile. Il avait bien des contacts à Milan auxquels il aurait pu demander du travail, mais pour cela il fallait descendre, passer des heures au téléphone, régler les questions en suspens avec son ex, et un soir, peu avant de s'y résoudre, le hasard voulut qu'il se confie devant un verre de vin, dans le seul lieu de rencontre de Fontana Fredda.

Derrière son comptoir Babette le comprit parfaitement. Elle aussi était de la ville, elle en avait gardé l'accent et une certaine élégance, mais qui sait à quelle époque et par quels chemins elle était arrivée là. Un jour, elle avait repris un restaurant dans un coin qui n'offrait d'autre clientèle à la mi-saison que celle des maçons et éleveurs de bétail, et l'avait baptisé Le Festin de Babette. Depuis, tout le monde l'appelait ainsi, nul ne se rappelait son nom d'avant. Fausto avait sympathisé avec elle parce qu'il avait lu Karen Blixen et cru deviner ce qu'il y avait derrière son choix : la Babette de la nouvelle était une révolutionnaire qui, après la chute de la Commune de Paris, s'était retrouvée cuisinière dans un petit village de rustres en Norvège. La Babette qu'il avait devant lui ne servait pas de soupes à la tortue mais avait tendance à adopter les orphelins et à chercher des solutions pratiques aux problèmes existentiels. Quand elle eut écouté les siens, elle lui demanda : Tu sais cuisiner ?

Et voilà comment il était encore là à Noël, à remuer casseroles et poêles au milieu des fumées de cuisine. Il y avait aussi une piste de ski à Fontana Fredda, chaque été il était question de la fermer et chaque hiver, bon an mal an, elle rouvrait. Avec un panneau au croisement en bas et un peu de neige artificielle étalée sur les pâturages, elle attirait de petites cohortes de skieurs et, trois mois de l'année, transformait les montagnards en conducteurs de remontées mécaniques, responsables de l'enneigement, dameurs et secouristes, dans un travestissement collectif dont il faisait désormais partie lui aussi. La cuisinière aux fourneaux avec lui était une vieille briscarde qui, en quelques jours, lui apprit à dégraisser des kilos de saucisses, interrompre la cuisson des pâtes en les passant sous l'eau froide, allonger l'huile de la friteuse, et que remuer la polenta pendant des heures était du gaspillage d'énergie, il n'y avait qu'à la mettre sur feu doux et elle cuisait toute seule.

Fausto aimait ça, être en cuisine, mais quelque chose d'autre commença à attirer son attention. Il y avait une petite ouverture par laquelle il faisait passer les plats en salle et observait Silvia, la nouvelle serveuse, qui retirait les commandes et s'occupait des tables. Qui sait où Babette l'avait dénichée. Ce n'était pas le genre de fille qu'on s'attendait à trouver chez des montagnards : jeune, enjouée, allure de baroudeuse, à la voir porter polenta et saucisses on aurait cru à un énième signe des temps, comme les floraisons hors saison, ou les loups qu'on disait de retour dans les bois. Entre Noël et l'Épiphanie, ils travaillèrent sans relâche, douze heures par jour sept jours sur sept, et se courtisèrent ainsi, elle en punaisant des bouts de papier sur le tableau en liège, lui en faisant tinter la clochette quand les plats étaient prêts. Ils plaisantaient ensemble : Deux pâtes au beurre du chef*[1], disait-elle. Les pâtes au beurre sont hors menu*, disait-il. Les assiettes et les skieurs se succédaient à une telle vitesse que Fausto était encore en train de récurer les casseroles quand il remarquait que dehors il faisait nuit. Il s'arrêtait alors un instant, repensant aux montagnes : il se demandait si en altitude il avait venté ou neigé et comment la lumière avait été là-haut, sur les vastes plaines ensoleillées au-dessus de la ligne des arbres, et si les lacs ressemblaient maintenant à des plaques de glace ou à de douces cuvettes enneigées. À mille huit cents mètres l'hiver commençait étrangement, dans un mélange de pluie et de neige, et le matin les averses faisaient fondre le grésil de la nuit.

Un soir, après les fêtes, les sols lavés et la vaisselle essuyée et rangée, il défit son tablier de cuisinier et

1. Les mots ou expressions suivis d'un astérisque sont en français dans le texte. (*Toutes les notes sont de la traductrice.*)

passa à côté prendre un verre. À cette heure-là, une autogestion tranquille, pacifique s'instaurait dans le bar. Babette mettait un peu de musique, laissait une bouteille de grappa sur le comptoir et les dameurs venaient chercher de la compagnie entre deux tours de piste à niveler les creux et les bosses laissés par les skieurs, à ramener en haut la neige charriée en bas, à la fraiser là où elle avait gelé pour qu'elle retrouve sa granulosité, montant et descendant sur leurs engins chenillés pendant de longues heures nocturnes. Silvia avait une petite chambre au-dessus de la cuisine : vers onze heures, Fausto la vit descendre avec une serviette sur la tête, tirer une chaise près du poêle et s'y installer au chaud avec un livre épais. L'idée qu'elle sortait de la douche le frappa.

Pendant ce temps il écoutait les bavardages de ce dameur qu'ils appelaient Santorso, comme le saint et la distillerie. Santorso lui parlait de la chasse aux coqs de montagne et de la neige. De la neige qui tardait cette année, de la neige si précieuse pour protéger les terriers du gel, des problèmes que causait un hiver sans neige aux perdrix et aux tétras-lyres, et Fausto aimait apprendre toutes ces choses qu'il ignorait, mais pour rien au monde il n'aurait quitté des yeux la serveuse. À un moment donné, Silvia ôta sa serviette et commença à démêler ses cheveux avec les doigts, en les approchant du feu. Ils étaient noirs, longs et lisses comme ceux d'une femme asiatique, et il y avait une grande intimité dans sa façon de les peigner. Se sentant observée, elle leva les yeux de son livre et, les doigts pris dans sa chevelure, elle lui sourit. La grappa lui brûla la gorge comme à un gamin ses premiers verres. Peu après les dameurs retournèrent au travail et Babette les salua tous les deux, rappela à l'un comme à l'autre de mettre les *croissants* au four à la première heure le lendemain, sortit les poubelles et rentra chez elle. Elle était contente de leur laisser les clés, les bouteilles, la musique, et que son restaurant favorise les amitiés même quand elle n'y était pas, une petite Commune de Paris au milieu des glaciers de Norvège.

2

Les amants

Ce fut Silvia, ce soir-là, qui le fit monter chez elle, si ça n'avait tenu qu'à lui ils auraient attendu le dégel. Dans sa petite chambre, la seule chaleur était celle qui venait de la cuisine, aussi le rite du déshabillage fut-il quelque peu expéditif, mais pour Fausto, entrer nu dans un lit, près d'une fille tout aussi nue et tremblante, eut quelque chose d'émouvant et de merveilleux. Il avait passé dix ans auprès de la même femme, et six mois en l'insipide compagnie de lui-même. Explorer ce corps fut comme enfin avoir de la visite : il découvrit que le bas était fort, solide, cuisses robustes, une peau lisse et tendue ; le haut était fait d'os anguleux, peu de poitrine et tout en côtes, clavicules, coudes, mais aussi pommettes et dents contre lesquelles il entra en collision quand l'étreinte de Silvia se fit un peu brusque. Il avait oublié la patience qu'il faut pour deviner les goûts de quelqu'un et lui faire deviner les siens. Mais il avait les mains couvertes de brûlures, coupures, irritations dues aux détergents, d'écorchures que lui avait faites cette satanée trancheuse, et il trouva une certaine correspondance dans les caresses qu'il pouvait lui donner avec, en fin de compte.

Quel bon parfum tu as, dit-il. Tu sens le poêle à bois.

Toi tu sens la grappa.

Ça te dérange ?

Non, j'aime bien. Tu sens la grappa et la résine, comment ça se fait ?

C'est les pignons qu'on met dans la grappa.

Vous mettez des pignons dans la grappa ?

Oui, ceux du pin cembro. On les cueille en juillet.

Alors tu sens juillet.

L'idée ravit Fausto, c'était son mois préféré. Les bois foisonnants et ombreux, l'odeur du foin dans les champs, les torrents qui gargouillent et la dernière neige tout là-haut, après les pierriers : il posa un baiser de juillet sur cette belle clavicule qui saillait.

J'aime tes os.

Tant mieux. Ça fait vingt-sept ans que je me les trimballe.

Vingt-sept ? Ils ont dû voir du pays.

On a un peu bourlingué, c'est vrai.

Dans ce cas, ils étaient où tes os, mettons, quand t'avais dix-neuf ans ?

À dix-neuf ans j'étais à Bologne, je faisais une école d'art.

T'es une artiste ?

Non. J'ai au moins compris ça. Que je n'étais pas une artiste, je veux dire. J'étais plus douée pour faire la fête.

À Bologne, je veux bien te croire. T'as faim ?

Un petit peu.

Je descends nous chercher quelque chose ?

Seulement si tu fais vite, j'ai déjà froid.

J'en ai pour deux secondes.

Fausto descendit à la cuisine, fouilla dans les frigos, passa devant la petite fenêtre qui donnait sur l'arrière et vit que les canons à neige tiraient le long de la piste. Chaque engin était surmonté d'un phare, si bien que la pente au-dessus de Fontana Fredda était constellée de ces feux d'artifice, jets d'eau nébulisée qui gelaient au contact de l'air. Il pensa à Santorso qui, dans la nuit noire, aplanissait les tas de neige artificielle. Il regagna la chambre avec du pain, du fromage, de la tapenade, se glissa sous les couvertures et aussitôt Silvia se serra contre lui, elle avait les pieds gelés.

Il dit : Essayons encore. Silvia à vingt-deux ans.

À vingt-deux ans je travaillais dans une librairie.

À Bologne ?

Non, à Trente. J'ai une amie, Lilli, qui est de là-bas. Après Bologne elle y est retournée pour ouvrir un lieu à elle, moi j'ai toujours aimé les livres, et l'université, c'était fini pour moi. Quand elle m'a proposé, j'ai dit oui tout de suite.

Alors comme ça t'as été libraire.

Oui, le temps que ça a duré. N'empêche, c'était une belle période, tu sais ? C'est là-bas que j'ai découvert la montagne. Les Dolomites de Brenta.

Fausto coupa une tranche de pain, étala une couche de tapenade dessus et ajouta un bout de tomme. Il se demanda quel effet ça devait faire, de *découvrir* la montagne. Il approcha la tartine des lèvres de Silvia mais s'arrêta, la main en l'air.

Mais, dis-moi, qu'est-ce qui t'amène au pied du mont Rose ?

Je cherche un refuge.

Toi aussi ?

J'aimerais bien travailler dans un refuge près d'un glacier. L'été, je veux dire. T'en connais ?

Oui, quelques-uns.

Je peux l'avoir ce fromage ?

Fausto lui tendit la tranche de pain et de tomme, Silvia ouvrit la bouche et mordit dedans. Il respira ses cheveux.

Un refuge près d'un glacier, répéta-t-il.

À ton avis, je vais trouver ?

Il n'y a pas de raison. Ça se tente.

T'as fini de me renifler ?

Tu sens janvier.

Silvia éclata de rire. Et ça sent quoi janvier ?

Ça sentait quoi janvier ? Fumée de poêle. Prés secs et gelés en attente de la neige. Le corps nu d'une fille après une longue solitude. Un parfum de miracle.

3

Le flic

Santorso aimait les soirs où il buvait mais aussi les lendemains matin après avoir bu. Pas trop, pas à s'en rendre malade, mais assez pour être encore un poil éméché au réveil. L'envie lui prenait de se lever de bonne heure et de sortir marcher, et lors de ces virées ses sens étaient à la fois atrophiés et aiguisés, comme si dans l'opacité générale du monde certains détails ressortaient davantage. À commencer par l'eau de la fontaine : devant chez lui il se débarbouilla et en but une gorgée glacée. Fontana Fredda en avait beaucoup, toutes d'anciens abreuvoirs pour le bétail, eau qui jaillissait été comme hiver à la même température, arrivant des glaciers par des voies mystérieuses et souterraines. L'eau et le village sortaient de terre sur un large replat qui, en aval, se terminait brusquement par une dégringolade de cinq cents mètres à travers bois et, en amont, montait plus doucement de pâturage en pâturage. Les alpages étaient silencieux et déserts maintenant, les fosses à fumier vides, les baignoires renversées dans les prés. Sous le ciel uniformément gris, Santorso vit que dans les zones d'ombre un voile de neige était resté, et sur ce voile les passages nocturnes avaient laissé leur trace. Les empreintes d'un lièvre entre les sapins, celles du renard venu fureter aux abords des étables fermées. Les sabots des cerfs qui se risquaient sur la route goudronnée, alléchés par le sel épandu. Des loups, toujours aucun signe. En automne ils avaient été repérés à peine deux vallées plus loin, aussi était-il certain qu'ils finiraient par arriver, peut-être étaient-ils même déjà là, à l'affût, à étudier la situation. Là où la neige disparaissait les histoires aussi s'interrompaient, comme les choses qu'il ne savait qu'à moitié. Il y avait une règle de son père qu'il s'efforçait de suivre en toute circonstance – on ne revient jamais du bois les mains vides – et ce matin-là, il cueillit des baies de genièvre et les fourra dans la petite poche de sa veste de chasseur.

C'était mercredi et les skieurs sur les pistes allaient être bien rares. Il passa au restaurant, mais Babette n'était pas encore là. Il n'y avait que le cuisinier, ou plutôt ce cuisinier qui n'en était pas un, et qui travaillait dans le silence de la cuisine. Entendant la porte s'ouvrir, il vint au bar et le salua.

Un café ? demanda-t-il.

C'est toi, Fausto, dit Santorso. Je devrais plutôt t'appeler Faus.

Faus ?

Faux cuisinier.

Le cuisinier rit, tout content. Il remplit le filtre à café, serra le robinet du percolateur, puis dit : Ça me va comme un gant.

On dirait qu'il va neiger, Faus.

Il était temps.

Babette entra avec le sac de pain et les journaux. Les journaux, elle les laissa au bar et alla poser le pain en cuisine. Le vieil éleveur qui habitait une des maisons plus bas entra derrière elle. C'était une bonne heure que celle entre huit et neuf, quand les skieurs n'étaient pas encore arrivés et que les anciens de Fontana Fredda passaient chez Babette, et ça parlait de foin et de lait, de provisions de bois, de la neige d'avant qui montait aux balcons. Fausto prépara un autre café pour lui et Babette prit le relais au bar. Santorso lui fit un clin d'œil, leva le menton dans un signe d'intelligence. Elle soupira, prit la bouteille de brandy et en versa une goutte dans sa tasse.

Alors, ils sont arrivés ces loups ? dit l'éleveur.

Ils peuvent bien venir, dit Santorso. Tout le monde est le bienvenu ici.

Moi, je te préviens, il suffit qu'ils touchent à une de mes bêtes et je sors avec mon fusil.

Bravo.
Tu crois que je rigole.
Non, non, je te crois.
Et tu feras quoi, tu vas m'arrêter ?
Moi ? J'ai raccroché, j'arrête plus personne.
C'est alors que la fille, la nouvelle serveuse, descendit à son tour. Elle prit un petit tablier sous le comptoir et le noua autour de sa taille. Elle se servit un verre d'eau au robinet et le but d'une traite, puis un deuxième. T'as une sacrée soif, toi, pensa Santorso.
Fausto dit : Comment ça, t'as raccroché ?
J'étais garde forestier avant.
Garde forestier ? Pourtant tu chasses, non ?
L'un n'empêche pas l'autre.
Ah çà !
La fille chargea un plateau de verres et alla préparer les tables à côté. Au passage, elle effleura une main de Fausto, et Santorso aurait préféré ne rien remarquer. Il n'aimait pas ça, les histoires des humains. Il préférait celles des loups, des renards et des coqs de montagne.
Je lance la polenta, dit Fausto.
T'es un bel embusqué, toi.
Tu l'as dit.
Au revoir*.
Santorso finit son café, laissa une pièce sur le comptoir, salua Babette qui était déjà occupée à

autre chose. Pour le vieil éleveur, il n'eut même pas un signe. Dehors il huma l'air et pensa : Il y en a qui ont baisé cette nuit. Puis : Sens-moi ce bon parfum, c'est la neige qui arrive. Avec le goût de café et de brandy il s'alluma une cigarette, et là, il songea à ce qu'il allait faire de la matinée.

4

Les avalanches

Il neigeait pour de bon maintenant : en quelques jours, la neige se fixa sur les potagers, les réserves de bois, les tas de fumier et les poulaillers. C'était une neige épaisse et humide, elle ne ressemblait pas à de la neige de janvier, et elle arriva avec un vent qui la déviait et la faisait s'amonceler sur les troncs des arbres et les tables devant le Festin de Babette. Comme ce n'était pas dans les habitudes de la maison de donner des ordres, à côté de la porte du restaurant il y avait une pelle : ce dimanche après-midi, à trois heures, ce fut Silvia qui s'en souvint, sortit et entreprit de déblayer la modeste terrasse.

Elle était frappée par la transformation de Fontana Fredda. Le paysage agricole qu'elle avait trouvé en décembre, une campagne simplement plus austère et boisée, s'était transformé du jour au lendemain en un paysage boréal. Elle observa la route sur laquelle les voitures s'engageaient avec des manœuvres mal assurées, d'incessantes petites embardées. La démarche rigide des gens qui revenaient de la piste, leurs skis sur l'épaule. Il ne neigeait pas beaucoup là où Silvia avait grandi, et elle se demanda si sa mère avait jamais vu ce qu'elle voyait : si elle avait aimé ou pas, si elle s'était sentie protégée ou menacée. Elle regarda passer le chasse-neige qui dégagea la route jusqu'au virage derrière le restaurant, érigeant une butte de plusieurs mètres de haut. Puis il fit demi-tour et Silvia comprit que, l'hiver, cette barrière devenait la frontière de la civilisation : quiconque s'aventurait dans l'étendue blanche au-delà le faisait à ses risques et périls, et elle eut envie d'aller voir comment c'était. Plus que la piste de ski, c'était cette neige vierge qui l'attirait.

Au bar c'était l'heure du goûter, des chocolats chauds dont Babette avait le secret. Elle lui rappelait un peu sa mère, Babette : elle avait un don pour servir les boissons et un désintérêt total une fois qu'il s'agissait de ramener la vaisselle sale. Silvia fit un tour entre les tables, esquiva skieurs et enfants de skieurs, chargea un plateau et remplit le lave-verres. Après le lavage, elle mit les tasses à sécher au-dessus du percolateur.

C'est comment dehors ? demanda Babette, qui secouait en vain une bombe de crème fouettée.

Il ne neige plus. Ils ont déblayé la route.

T'aimes ça, la neige ?

Je ne sais pas encore. Et toi ?

Je ne la vois même plus ! Mais qui dit neige dit travail... Bon sang, t'entends comme je parle !

T'as fini la crème fouettée ?

On dirait bien.

Je t'en apporte une autre.

Elle alla en cuisine, où la vapeur se condensait sur l'unique petite fenêtre. La cuisinière était aux crêpes, Fausto à la plonge, en train de liquider la vaisselle de midi. Il lui sourit, le front brillant de sueur : enveloppé par les vapeurs du lave-vaisselle, au milieu de piles d'assiettes sales, il réussissait à garder sa noble étrangeté, comme si tout juste descendu de montagne il s'était arrêté là pour donner un coup de main.

Pas trop chaud, chef ?

C'est un vrai sauna.

Tu veux une bière ?

Je dirais pas non.

Silvia fila au bar avec la crème fouettée et revint avec une bière fraîche. Fausto lança le lave-vaisselle, prit la chope et but une grande goulée. Il avait encore de la mousse sur la moustache quand, dans la cuisine, le grondement d'un tonnerre leur parvint, bien distinct du brouhaha du bar. Silvia s'inquiéta.

C'est quoi ça ? Un orage en janvier ?

Non, une avalanche.

Ça fait ce bruit-là, une avalanche ?

Ça arrive. S'il neige deux ou trois jours d'affilée, il suffit que la température remonte de quelques degrés et c'est parti.

Silvia retourna alors sur la terrasse pour tenter de voir les avalanches. Elle observa les montagnes face à elle, l'envers, exposé au nord, de Fontana Fredda. Elle réentendit le grondement, l'effondrement, même s'il était plus bas que le premier, et aperçut un souffle de neige entre les rochers. Puis un autre sur une paroi, comme une cascade. Un peu partout la neige cédait, s'éboulait, dans les endroits où la pente était trop raide ou ceux où elle s'était trop accumulée, elle dévalait en suivant les reliefs de la montagne, ses à-pics et ses glissoires, puis faisait halte plus bas. Au bout d'une minute, Silvia vit une vraie avalanche se détacher dans un couloir. Elle remarqua d'abord l'éclair puis, avec un temps de retard, le coup de tonnerre lui parvint, long et profond. On ne pouvait l'entendre sans éprouver une once d'angoisse. La masse de neige dévala longtemps, se gonfla en s'enroulant et en charriant celle qui était sur son passage, et quand elle finit par s'arrêter elle laissa sur le flanc de la montagne une tache sombre, comme un mur dont le plâtre serait tombé. Silvia serra ses bras contre sa poitrine et resta à observer l'orage au loin.

5

Un soir de vent

Le soir même, Fausto l'invita chez lui. Le meublé qu'il louait était une reconstitution des années soixante-dix ou quatre-vingt, avec sa collection de dentelles aux fenêtres, de cœurs gravés sur le dossier des chaises et d'edelweiss en napperons. Il lui rappelait les remontées du fond de la vallée qui avaient été construites à l'époque où il neigeait encore à basse altitude et qui rouillaient maintenant dans les prés, mais il l'aimait bien, ce trou, comme on aime les lieux où on recommence, remplis de promesses et vierges de déceptions. Il n'y avait rien à lui entre ces quatre murs, hormis les chaussures de marche devant la porte et quelques livres sur une étagère, le poste de radio et le carnet sur la table. Silvia le remarqua sitôt entrée.

T'écris ?

Quand j'ai du temps.
Et t'écris quoi ?
Fausto prit sur l'étagère le livre qu'il avait publié des années auparavant. Des histoires de couples, surtout. Des couples qui se lassaient, se trompaient, se quittaient, ou restaient ensemble pour se faire plus de mal encore. Le genre d'histoires qui l'intéressaient alors, et qui lui semblaient aujourd'hui écrites par un autre. Silvia tourna le petit livre entre ses mains.
T'étais pas encore libraire, n'est-ce pas ?
Eh non.
De toute façon il n'a pas fait long feu.
Pourquoi ça ?
Il ne se vendait pas. Et puis l'éditeur a fait faillite.
Et tu n'as plus rien écrit après ?
Pas de livres en tout cas.
Elle montra le carnet. Je peux ?
Si tu arrives à me lire.
Fausto avait fait quelques tentatives, en automne. Il allait marcher avec le carnet dans son sac et s'arrêtait au bout de deux ou trois heures, sur les hauteurs, là où l'altitude l'inspirait, et là, assis sur un rocher sous le ciel, il tentait de mettre en mots ce qui l'entourait. Il s'était aussitôt rendu compte qu'il avait tout à apprendre. Il se sentait comme un musicien qui venait de changer de registre et peut-être même d'instrument. Il ne savait pas si ces pages donneraient quelque chose, mais il aimait y travailler, et de toute

façon il en avait assez d'écrire à propos d'hommes, de femmes, d'amours.

Cette scène, dit Silvia. Avec le torrent la nuit et le cerf qui approche pour s'abreuver. Ça t'est vraiment arrivé ?

Oui, j'aime bien dormir dehors de temps en temps.

Tu dors dehors comme ça ?

J'ai un bon sac de couchage. C'est comme un rituel de fin d'été. Une nuit à la belle étoile pour lui faire mes adieux.

C'est une belle page.

Tu trouves ?

Si je te le dis. Elle a son mystère, n'y touche plus.

Silvia dans cette pièce. Avec son carnet entre les mains.

Plus tard ils firent l'amour de la façon qu'ils étaient en train d'apprendre, et qui allait devenir la leur. Ils écoutèrent le vent dehors qui s'était levé de nouveau. Quand Fausto alla remettre du bois dans le poêle, il l'entendit souffler dans le conduit de cheminée et vit la flamme qui s'agitait. Il se souvint qu'il avait une bouteille de vin, quelque part, la prit avec deux verres et retourna auprès de Silvia. Elle l'attendait, adossée contre la tête de lit. Elle avait enfilé son gros pull sur sa peau nue. Pendant que Fausto versait le vin, elle voulut qu'il lui raconte comment il était devenu écrivain.

Tu sais qui m'a ruiné la vie, moi ? Jack London. Parce qu'il faut pas croire que je me sentais habité par des histoires extraordinaires, c'était surtout l'aventure qui m'attirait. Écrire, boire, tirer le diable par la queue. Avoir des filles à écrivains.

Elles sont comment les filles à écrivains ?

Elles sont folles.

Il tendit le verre à Silvia et la rejoignit dans le lit.

N'empêche, quand j'avais vingt ans, je trouvais ça beau d'y croire. De me dire que je suivais ma vocation.

Ta vocation ?

J'avais arrêté l'université parce que j'étais convaincu qu'ils ne m'auraient rien appris. Je lisais pour le plaisir tout ce qui me tombait sous la main. Je me mettais à écrire en pleine nuit, ou dans le métro, ou au bar, c'était ça ma vocation.

Je n'ai jamais eu de vocation, moi.

Jamais ?

J'ai toujours suivi les autres. Et laissé un peu faire le hasard. Au final, j'ai peut-être suivi la vocation des autres.

Mais ici t'es montée toute seule.

Ici, oui.

Tu sais ce que j'ai fait le jour où j'ai reçu les exemplaires de mon livre ?

Non, t'as fait quoi ?

Je suis allé au service d'état civil refaire ma carte d'identité. J'ai déclaré que je l'avais perdue. Et à la case profession, j'ai demandé qu'on mette : *écrivain*. J'avais pris mon livre comme preuve.

Silvia rit. Fausto vida son verre au vieux temps. Elle dit : Mais après, tu n'as plus été écrivain.

Oui et non.

C'est-à-dire ?

J'ai appris à me débrouiller.

Tu m'intéresses… Comment on fait ?

Ça, c'est une histoire trop triste pour une aussi belle soirée.

Dans ce cas je crois que je la connais déjà.

Ils burent et bavardèrent tant que dura la bouteille. Il aimait ça, passer la nuit à parler avec elle, presque autant que lui faire l'amour. Même ce meublé pour touristes finissait par ressembler à un foyer, et ce lit avec sa couverture aux motifs de Noël à leur lit : leurs tables de nuit, leurs verres, l'odeur de sexe sur les draps.

Silvia commençait à avoir sommeil. Elle s'était couchée sur le côté quand elle dit : Un jour, à la librairie, je suis tombée sur un livre de géographie pour enfants qui disait que monter de mille mètres dans les Alpes revenait à se déplacer de mille kilomètres au nord.

Ah bon ?

Oui, pour le climat. La flore, la faune, tout ça. Il disait que le climat change beaucoup plus rapidement en altitude qu'en latitude, et qu'un bref dénivelé vaut un long voyage.

L'idée est belle.

Oui, et je me suis dit : après tout, c'est pas mal pour voir du pays quand on est fauché. J'ai pris un atlas et je me suis lancée dans une série de calculs. J'ai cherché Berlin, par exemple : mille kilomètres. Londres : encore mille. Évidemment, c'est pas parce que tu montes de mille mètres que tu vas te retrouver à Londres ou Berlin, ça marche pas comme ça. Mais à trois mille kilomètres au nord des Alpes, tu sais ce qu'il y a ?

Non, quoi ?

Le cercle polaire arctique.

C'est à trois mille kilomètres ?

Tu trouves pas ça logique ?

C'est vrai qu'à trois mille mètres, c'est le début des glaciers chez nous. Et le pôle Nord, il est à quelle distance ?

Un peu moins de cinq mille kilomètres.

Autant dire au sommet du mont Blanc.

Exactement. Si tu grimpes au sommet du mont Blanc ou du mont Rose, tu peux presque t'en faire une idée.

Fausto riait. Silvia bâilla. Il dit : Et on est où, à Fontana Fredda ?

C'est quoi l'altitude de Fontana Fredda ?

Mille huit cent quinze.

Laisse-moi réfléchir. On devrait être entre le Danemark et la Norvège. Presque à Oslo, je dirais.

Oslo ?

Ou peut-être un peu plus haut.

Il faut reconnaître que, quand les eaux monteront, toutes ces vallées deviendront des fjords.

Le fjord de Fontana Fredda.

Une bourrasque de vent fit claquer les volets, interrompant leur jeu. Fausto se leva pour les fermer et aperçut sa vieille voisine en train de pousser une brouette dans la ruelle entre les maisons. Elle ne marchait pas très droit, le vent et la neige la mettaient en difficulté.

Je sors une minute, dit-il. Il enfila un pull, un pantalon et ses chaussures sans chaussettes ni caleçon, sortit et dut élever la voix pour que la femme l'entende.

Gemma, ciao !

Bonsoir.

Qu'est-ce que tu fais ?

Je vais chercher du foin.

Elle allait chercher du foin comme s'il n'y avait rien de plus normal à cette heure de la nuit, avec le vent qui soulevait la neige et faisait tomber les outils des balcons. À quatre-vingts ans passés, Gemma élevait encore une vache dans la petite étable en bas de chez elle, elle la trayait elle-même et la faisait inséminer tous les ans, après que les autres lui avaient été retirées une à une avec les années.

Attends, je vais t'aider.

C'est pas la peine.

Mais si, je fais un peu d'exercice comme ça.

Il lui prit la brouette des mains et la poussa jusqu'à un cabanon en tôle. La forêt résonnait des craquements de branches qui se brisaient sous les bourrasques. Il attrapa deux bottes de foin en haut de la pile et rebroussa chemin jusqu'à la maison de Gemma, où il rangea l'outil sous l'auvent. Il prit une botte et poussa la porte de l'étable. L'odeur à laquelle il n'avait jamais pu s'habituer le prit à la gorge : il retint son souffle dans cette pièce qu'une ampoule crottée éclairait, entre les murs maculés de fumier et les rubans de papier tue-mouches noirs d'insectes morts. La vache se tourna pour le regarder, sa queue suspendue à une ficelle. Autour il y avait des plumes de poules et un lapin dans un clapier trop petit, sur du vieux foin.

T'as besoin d'autre chose, Gemma ?

Non, non. Merci, merci.

Alors bonne nuit.

Au revoir.

Dehors il respira à nouveau à pleins poumons, expulsa de ses narines l'odeur de l'étable et rentra chez lui. Sur le seuil, il fit claquer ses chaussures pour faire tomber la neige des semelles. Il trouva Silvia endormie, l'oreiller sous la joue et une main sous l'oreiller, dans la même position où, peu avant, elle parlait avec lui. Elle avait les cheveux en désordre et les lèvres empourprées de vin, son exploratrice polaire. Fausto se déshabilla et se coucha à côté d'elle. Il n'avait pas sommeil et songea à la mer, cette mer qui un jour inondera la vallée jusqu'à lécher les villages de bois et de pierres, les *baite* qui se convertiront en cabanes de pêcheurs, la lumière qu'il y aura et l'air saumâtre, tandis que dehors le vent du nord ne cessait de balayer le fjord de Fontana Fredda.

6

Le bois tombé

Ce n'étaient pas que des branches qu'il avait entendues casser ce soir-là : les arbres étaient tombés. Quand Santorso lui proposa d'aller constater les dégâts, il lui prêta une vieille paire de skis avec des peaux de phoque que Fausto n'avait jamais utilisés. Ils les chaussèrent après le tas de neige au bout de la route. Du phoque il ne restait que le nom : c'étaient des bandes de velours synthétique qu'on collait sous les semelles des skis pour qu'ils glissent dans le sens du poil et se bloquent dans l'autre. Santorso lui montra comment verrouiller les fixations et libérer le talon pour la montée, mais pour ce qui était de la façon de procéder, il ne gaspilla pas un mot.

Il dit : Ça faisait depuis les années quatre-vingt que je ne voyais plus quelqu'un skier en jeans.

J'avais que ça.

Si jamais tu meurs sous une avalanche, le jour où ils te retrouvent, ils te prendront pour une relique.

Sur ces mots Santorso partit. La neige, intacte, montait haut et il suivit un moment le tracé de la route, fluide comme s'il patinait sur de la glace. Fausto s'efforçait d'imiter ses mouvements et de tenir le rythme, mais il se sentait encore plus empêtré qu'en raquettes. Sa foulée était trop courte, et il ne pouvait s'empêcher de lever les pieds au lieu de les faire glisser en avant. Santorso adoptait la méthode d'enseignement des montagnards : il partait, et advienne que pourra. Il continua jusqu'à ce qu'un tronc tombé lui barre le chemin, il abandonna alors la route et se pencha pour libérer les talons, puis s'engagea sur la pente raide en s'enfonçant dans la forêt.

C'étaient les mélèzes qui avaient cédé face au vent. Bien que plus chargés de neige, les sapins avaient tenu. Certains pins sylvestres étaient retournés jusqu'aux racines, arrachés à la terre telles de petites plantes, mais chez les mélèzes, c'était une hécatombe. Beaucoup s'étaient brisés à mi-hauteur, à deux ou trois mètres du sol, et la forêt était remplie de ces arbres estropiés, leurs troncs qui pendaient de travers ou gisaient dans la neige, leurs branches nues enfoncées dans le terrain. Le mélange de neige et d'aiguilles éparpillées, de neige et de branches cassées, de neige et de terre retournée donnait à la forêt une apparence lugubre, elle était comme saccagée. Après quelques virages compliqués Santorso en eut assez : il déchaussa ses skis, les planta dans la neige et s'assit sur un tronc couché. *Dio faus*, dit-il, ce qui voulait dire dieu faux, dieu qui n'existe pas. Il alluma une cigarette pendant que Fausto, tant bien que mal, le rejoignait.

Tu sais combien de temps il va falloir pour nettoyer tout ça ?

Combien ?

Des années. Et c'est comme ça dans toute la vallée.

C'est du bois qu'on pourra utiliser, au moins ?

Ça m'étonnerait, il n'y a pas une plante qui pousse droit dans cette forêt. On va finir par devoir payer quelqu'un pour s'en débarrasser.

Fausto ne savait pas quoi dire. La mélancolie avait envahi Santorso comme s'il avait lui-même été agressé et malmené. Il tira une bouffée sur sa cigarette et dit : C'est comme ça, Faus. Des loups et du vent.

Pauvre forêt.

Elle a jamais trop payé de mine, tu sais ?

Ah non ?

Cette forêt, c'est nos vieux qui l'ont plantée, avant il y avait toute une prairie ici. Mais ça n'a jamais bien pris. Ça fait pas tout de planter des arbres et de les regarder pousser, c'est plus compliqué cette histoire.

Alors comment ça se passe ?

Santorso arracha un bout d'écorce du tronc sur lequel il était assis. L'extérieur était gris et rugueux, et l'intérieur rougeâtre. Elle avait la couleur d'une chose vivante.

Il dit : Tu sais, quand on était gamins, on nous apprenait à ne pas grimper aux mélèzes. La *brenga* casse facilement.

La *brenga*, c'est le mélèze ?

Oui.

Et à quels arbres on peut grimper dans ce cas ?

Aux sapins. C'est un bois élastique, impossible à casser, tu vois bien qu'ils ont tous tenu ? Le souci c'est que personne ne plante de sapins, ça vaut rien.

Dommage.

Le mélèze, c'est un bois dur qui rapporte plus, mais il fait tomber les gamins de ses branches et il casse dès qu'il y a du vent. Dio faus.

Fausto pensa que, vraiment, il ne cessait de l'étonner, ce montagnard. Après un silence il dit : Ça te plaisait pas d'être garde forestier ?

Travailler dans la forêt, si.

Alors pourquoi t'as raccroché ?

Ils ont fait de nous des brigades. C'est ça qui ne me plaisait plus.

Santorso éteignit sa cigarette dans la neige. Il décolla les peaux des skis d'un coup sec, les enroula et les glissa dans sa veste. Il dit : Garde-les au chaud.

Au cas où tu devrais les réutiliser. Au froid, la colle ne tient pas.

Je pense que je vais plutôt rentrer à pied. Je te les pose où ?

Garde-les, garde-les. Tu t'entraîneras un peu comme ça.

Santorso jeta ses skis par terre et les enfila comme de vieilles pantoufles. Il bloqua les talons pour la descente et récupéra ses bâtons. Il fila au milieu des arbres tombés, et même dans cette désolation, c'était un plaisir de le voir skier sur la neige fraîche.

7

Babette et les avions

Vinrent les jours froids et lumineux qu'avant Babette aimait tant, ils étaient pour elle le joyau de l'hiver, mieux que le cœur. Dix, quinze degrés au-dessous de zéro au petit matin, la neige glacée qui crépitait sous les semelles, les crêtes plus loin qui devenaient des lames aveuglantes face à un ciel si dense et plein, si limpide que, de Fontana Fredda, on pouvait voir à l'œil nu les ailes, les fuselages, et même les rangées de hublots des avions en route pour Paris. Les engins étincelaient sous le soleil. Parfois, quand elle les voyait passer, Babette se demandait si de là-haut on distinguait Fontana Fredda. Peut-être était-ce même à cet instant précis que le pilote signalait aux passagers le Cervin ou le mont Blanc, et peut-être alors que l'un d'eux levait les yeux de son plateau-repas et qu'à la vue de vallées enneigées à mi-chemin entre deux capitales du monde, il se disait : Tiens, les Alpes.

Avant, elle était simplement heureuse d'être là où elle était, elle n'aurait pour rien au monde échangé sa place avec ce voyageur distrait. Ces derniers temps, elle n'en était plus aussi sûre. Elle sortit le sac de pain du coffre du quatre-quatre, rassembla les journaux, compta les voitures garées au départ du télésiège. Si elles arrivaient jusqu'aux bennes à ordures, ça lui ferait sa journée. Jusqu'au cabanon où Gemma stockait son foin, elle remplirait le restaurant. Il fallait qu'elle passe lui rendre visite, à Gemma, un de ces jours, qu'elle lui apporte les restes de polenta pour ses poules, et pourquoi pas une part de gâteau et quelques mandarines. Le sac était trop lourd pour qu'elle le porte, aussi se contenta-t-elle de le traîner dans la neige, sur les marches et à travers la terrasse jusqu'à la cuisine.

Avec Fausto, elle établit le menu du jour et ce qu'ils appelaient le *menu ouvrier*, le repas des travailleurs des remontées. Douze couverts fixes qui mangeraient chacun pour dix euros : entrée, plat avec garniture, pain et café. Fausto ne pouvait se résoudre à l'idée qu'ils mangent toujours les mêmes plats.

On met des courgettes en garniture ? proposa-t-il.

Les courgettes, ils y touchent pas, et après ça va à la poubelle.

Et si on faisait un risotto plutôt que des pâtes ? Avec de la chicorée de Trévise et des poireaux ?

Oublie.

C'était toujours pâtes, viande, pommes de terre, fromage ; il suffisait de remplacer la viande par l'omelette pour que, des tables, s'élèvent des protestations. C'était ça, le genre de choses qui pesaient à Babette. Le fait que tout ce qu'on pouvait inventer pour apporter un changement là-haut se heurtait à de l'indifférence, quand ce n'était pas de l'hostilité, au point de décourager toute nouvelle tentative. Il en allait ainsi des pots de fleurs sur la terrasse comme des légumes au menu ouvrier, alors un atelier de théâtre…

Le vieil éleveur, assis à sa table habituelle, et dit : T'as vu le vent qu'il y a eu ?

Eh oui.

C'est bien la première fois que je vois un vent faire tomber une forêt.

Au moins il fait quelque chose.

Quoi ?

Rien. Je plaisantais. Un café ?

Elle déjeuna avec Silvia à onze heures. Fausto sautait le repas, il disait que s'il mangeait il perdait l'envie de cuisiner, mais il se faisait plaisir en leur préparant quelque chose qui sortait de l'ordinaire. Ce jour-là il leur servit un plat d'orecchiette avec des tomates fraîches, de la ricotta au lait de chèvre et du thym serpolet. Où avait-il dégoté des tomates fraîches en février ? À Fontana Fredda c'était comme déguster un fruit exotique.

Pendant leur repas, Silvia chercha à obtenir de Babette plus de détails sur son arrivée légendaire dans la vallée, l'été d'il y a trente-cinq ans. Cette histoire la fascinait comme si elle lui avait raconté la naissance du punk, ou la chute du mur de Berlin.

Tu sais, dit Babette, il faut pas croire, à l'époque je ratais pas grand-chose à Milan. J'étais née trop tard. Les années soixante-dix étaient mortes et enterrées, et mes amis ne pensaient qu'à aller au stade ou à se shooter.

Au stade ?

Oui. C'était héroïne le samedi, San Siro le dimanche, et quelques concerts de temps en temps. La déprime. Et je me suis dit, si c'est comme ça, vous savez quoi ? Moi cet été je m'en vais dans un alpage pour traire les vaches et pelleter le fumier.

Et tu n'es plus revenue.

Pour finir, non. J'aurais jamais pensé.

Je parie qu'il y avait un homme derrière tout ça.

Forcément.

Il était comment ?

Je dirais pas qu'il était beau. Par contre c'était un sacré sauvage. À l'alpage on avait un mulet avec lequel il m'emmenait faire un tour dès qu'on avait une heure de libre, et vas-y que je te fais l'amour derrière un rocher. Rien que d'y repenser j'ai froid.

Et tes parents ?

Les pauvres. Une fois par semaine je descendais à la cabine téléphonique appeler ma mère pour lui dire que j'allais bien. Elle hurlait, me menaçait, disait que j'étais encore mineure, j'appelle la police ils vont venir te chercher. Je lui répondais que j'étais à court de monnaie et raccrochais.

Et avec ton sauvage, ça s'est fini comment ?

Comme avec les montagnards.

C'est-à-dire ?

Ils portent une telle rage en eux, tôt ou tard elle explose. Le plus souvent c'est l'alcool qui la fait sortir. Tu veux un conseil, fais ce que tu veux avec, mais surtout, n'en épouse jamais un !

Loin de moi cette idée !

Tant mieux.

Et à midi précis les montagnards arrivaient, dans leur uniforme des remontées. Ils avaient très faim et peu de temps, aussi valait-il mieux éviter de les faire attendre plus de cinq minutes. Silvia leur apportait la corbeille de pain et le fromage pendant que Fausto jetait les pâtes dans l'eau bouillante et mettait à griller les côtelettes. De temps à autre, Babette les observait : forcés d'être à l'eau, ils se coupaient une tranche de tomme et la mâchaient avec frustration, comme si le fromage n'avait pas de goût. Elle leur proposait bien du vin, avant, mais depuis quelques années la direction des remontées avait serré la vis. Le dernier arrivé fut celui qui descendait de la station terminus, à deux mille trois cents mètres, en plein soleil et en plein vent. L'hiver en altitude creusait ses traits, il avait les joues brûlées, et des rides profondes entouraient ses yeux. Quand il ouvrit en grand la porte du restaurant il s'exclama : Ugh, visages pâles !

Babette ne put s'empêcher de rire. Il y avait bien encore quelque chose chez eux qui la touchait. À Paris, aurait-elle trouvé des guerriers peaux-rouges ? Le chef indien alla s'asseoir à la table de sa tribu, Silvia apporta les pâtes au beurre, puis les skieurs entrèrent à leur tour, avec leurs bottes, leurs casques, leurs combinaisons et leurs enfants affamés, et Babette se posta à la caisse pour prendre les commandes.

8

Les cheveux

Un soir l'humeur de Fausto changea à cause d'un coup de téléphone. Il était resté un long moment dans la cuisine et Silvia n'avait pas l'intention de lui demander avec qui il avait parlé, ni de quoi. Elle ne voulait rien savoir de sa compagne d'avant.

Elle dit : Si tu préfères, on peut aussi changer de programme.

Je suis désolé.

Tu n'as pas à t'excuser tout le temps.

Je m'excuse tout le temps ? Ça doit être une habitude que j'ai prise.

Dehors il neigeait de nouveau, mais dans l'appartement le poêle était allumé et il faisait bon, nus sous les couvertures. Elle caressa sa jambe avec le cou-de-pied. Elle lui prit une main, la partie qu'elle préférait chez lui. Un éclat de bois s'était planté dans sa paume, et c'est précisément sur l'écharde qu'elle posa ses lèvres.

J'en ai peut-être juste marre de l'hiver.

C'est pas un peu tôt pour en avoir marre de l'hiver ?

On est en mars, j'ai envie de revoir l'herbe. J'ai envie d'aller pêcher, de me baigner dans un torrent.

Tu sais pêcher ?

Non.

Ça te dirait qu'on prenne un bain ?

Il n'y a pas assez d'eau chaude pour remplir la baignoire.

Et pour me laver les cheveux ? Tu veux me les laver toi, avec tes belles mains ?

Fausto n'était pas du genre à refuser pareille proposition : il se leva et enfila son pantalon. Il chargea le poêle, remplit une casserole d'eau et la mit à chauffer. Il amena une chaise dans la salle de bains tout en longueur et posa une serviette sur le dossier, il fit s'asseoir Silvia et lui demanda de renverser la tête, au-dessus de la baignoire. Tout était très professionnel. Enfin, il lui mouilla les cheveux : ils étaient fournis et épais, et avec le shampooing ils faisaient quantité de mousse.

Elle dit : Tu sais que j'ai peut-être trouvé un refuge ?

Vraiment ? Lequel ?

Il s'appelle le Quintino Sella.

Le Quintino Sella sur le mont Rose ?

Je suppose, oui. Babette connaît le responsable, je lui ai parlé ce matin.

Mais moi je le connais, le Sella.

Ah bon ?

Fausto renfonça ses doigts dans la mousse, frotta, pensa, frotta encore, puis dit : cabane Quintino Sella du Félik, 3585 mètres. Je devais avoir huit ou neuf ans la première fois.

C'est quoi le Félik ?

C'est le nom d'un glacier.

À huit ans, ils t'emmenaient là-haut ?

Oui, c'était normal, il y en avait d'autres, des gamins. On commençait par aller au refuge, aller et retour en une journée. Et quand on était un peu plus grand, on dormait sur place pour faire le Castor le lendemain matin.

Le Castor ?

C'est un sommet du mont Rose. 4 226 mètres. L'un des plus beaux.

Tu te rappelles toutes les altitudes ?

Comment je pourrais oublier ! Les noms, les altitudes, tu connais les gamins.

Fausto prit le pommeau de douche et commença à rincer. Il s'arrêta quand il sentit l'eau tiédir. Le ballon d'eau chaude déclarait forfait devant les cheveux de Silvia. Il appliqua ensuite la lotion qu'elle lui avait donnée.

Ça va, je m'en sors comme coiffeur ?

C'est parfait. Raconte-m'en plus sur le Castor.

On y arrive en longeant une crête pour y arriver. Depuis le col du Félik, *Felikjoch*. C'est une vraie lame de neige par endroits. Elle descend à pic à droite comme à gauche, avec de grandes crevasses qui s'ouvrent au fond. Quand t'es petit, on t'apprend que si ton camarade de devant tombe d'un côté, tu dois tout de suite te jeter de l'autre, sinon il t'entraîne avec lui.

Ça t'est déjà arrivé ?

Pour jouer seulement. Le guide nous a assurés et a essayé de nous le faire faire une fois. Un gamin d'un côté, et moi de l'autre.

Quelle horreur.

C'était très drôle.

Fausto alla à la cuisine et revint avec la casserole d'eau chaude. Il dit : Mets bien la tête en arrière, maintenant.

Comme ça ?

Oui. Ferme les yeux.

Il versa l'eau directement de la casserole, tout doucement, en la tenant par les poignées.

Ah, dit Silvia, c'est tellement bon.

Voilà. Les cheveux de l'exploratrice polaire sont lavés.

Merci chef*.

Plus de chef* entre nous. Je suis coiffeur*.

Alors merci mon coiffeur*.

Ils allèrent ensuite s'asseoir à la cuisine, près du poêle. Fausto remit du bois et elle entreprit de se sécher les cheveux avec sa technique éprouvée. Elle ouvrit la porte du poêle et, mèche après mèche, les approcha du feu, en les peignant avec les doigts d'une main contre la paume de l'autre. Elle ne les exposait que quelques secondes, avant qu'ils ne brûlent. Ses cheveux fumaient.

Félik, dit Fausto, était le nom d'une cité il y a très longtemps. Un jour un étranger est arrivé. Il a frappé à toutes les portes mais personne ne voulait lui offrir l'hospitalité, alors en partant, il a jeté une malédiction. Il a dit: Je veux que demain, après-demain et après-après-demain, il neige sur cette cité de malheur jusqu'à la recouvrir entièrement. Et c'est la raison pour laquelle il y a maintenant un glacier à la place de la cité de Félik.

Bien fait. Il y a longtemps que tu n'y as pas remis les pieds ?

Vingt-cinq ans, je dirais.

Et s'ils me prennent, tu viendras me voir ?

Bien sûr. Attends, je te montre.

Fausto alla chercher sa carte 1/25 000 et la déplia sur le sol. La cabane du Quintino Sella était tout en haut, au pied des grands glaciers du mont Rose. Chacun avait un nom qui lui était propre: le Véraz, le Félik, le Lys. Le refuge était symbolisé par deux petits carrés noirs.

Pourquoi il y en a deux ?

Le deuxième, c'est la vieille cabane. Ils l'ont laissée à côté de la nouvelle.

Elle est si vieille que ça ?

Peut-être du dix-neuvième. À moins qu'ils ne l'aient déjà reconstruite, je ne saurais pas dire. Tous ces refuges ont déjà brûlé mille fois, été incendiés par la foudre, emportés par les avalanches. On m'a raconté qu'un bivouac avait été balayé par le vent parce qu'un marcheur avait oublié de fermer la porte derrière lui. Quand ils sont revenus au printemps, il avait disparu.

C'est vrai ?

C'étaient les histoires que me racontait mon père.

Il était alpiniste ?

Oui, du dimanche.

Fausto rit. À force de parler de glaciers et de refuges, il en avait oublié son appel. Il contempla la carte et remarqua que, tout en bas, à l'opposé du Quintino Sella, il y avait aussi Fontana Fredda. Si la carte faisait un mètre de long, il y avait une vingtaine de kilomètres à vol d'oiseau entre les deux. Il eut une idée qu'il devait encore creuser et montra à Silvia le sentier menant au refuge. Les flammes scintillaient entre ses cheveux noirs, et sur la carte le glacier était blanc et azur, strié de fines nervures bleues.

9

Une dameuse et deux coqs

L'hiver de Santorso finit un samedi de mars, à la tombée de la nuit. Après le déjeuner, il avait dormi, comme rarement cela lui arrivait, et s'était réveillé fatigué, un peu sonné. À cinq heures il arriva au garage et fit le plein de gazole pendant que les skieurs de la dernière heure, les éternels retardataires, les amants de l'après-midi, dévalaient encore en traçant des courbes dans la gadoue. En cette fin de saison, la neige cédait déjà vers midi, après quoi, elle se transformait en bouillasse: il lui semblait qu'elle suppliait qu'on la laisse retourner à l'état liquide, baigner la terre et ruisseler au bas de la vallée. Il vit le télésiège s'immobiliser avec ses sièges vides. Il monta dans la cabine de la dameuse et savoura le chauffage, le fauteuil rembourré, le moteur dont les vibrations lui massaient le dos. Quand le dernier skieur fut descendu, le pisteur* passa fermer, récupérer poteaux et panneaux, vérifier qu'il ne restait plus personne, et Santorso entendit dans la cibi son collègue derrière, baissa les deux leviers qui commandaient les chenilles et partit. En bas, la piste était une passoire, criblée de taches noires : les dernières semaines qui suivraient, son travail se limiterait à rapiécer et recoudre, prendre la neige d'un côté pour combler un trou de l'autre, tirer jusqu'à Pâques, puis laisser cette neige providentielle faire comme bon lui plairait.

N'empêche il l'aimait bien, ce métier, il pouvait rester seul en montagne et voir la nuit tomber. Il conduisait sa dameuse entre les ombres étirées des mélèzes, sous le soleil rasant. Il ne croisa plus personne, hormis Fausto qui grimpait le long de la piste avec ses peaux de phoque. Le pisteur avait dû fermer les yeux à son passage : après tout c'était le cuisinier qui lui préparait sa gamelle tous les jours de la semaine. Il vit qu'il avait fait des progrès depuis la dernière fois, il commençait à se débrouiller, même si avec son jeans et sa chemise à carreaux il ressemblait plus à un bûcheron qu'à un skieur. Les deux dameuses le dépassèrent et il agita un bâton en guise de salut.

C'est qui celui-là ? demanda l'autre dameur dans la cibi.

Le cuisinier de Babette.

Nous voilà bien.

Son collègue et lui se séparèrent là où la piste bifurquait. À présent qu'il n'avait plus personne dans le rétroviseur, il alluma une cigarette et mit de la musique. Il franchit l'arrivée du télésiège et continua le long du tronçon que les dameuses utilisaient pour les manœuvres, puis il alla se ranger près d'un grand bloc qui affleurait. La neige était encore abondante et compacte, à cette hauteur. C'était celle qu'il utiliserait pour colmater les trous au bas de la piste. Mais d'abord il prit ses jumelles, ouvrit la portière de la cabine et s'assit sur la chenille, en scrutant la lisière de la forêt.

Il savait où chercher et, ce soir-là, il les trouva enfin. Deux beaux mâles adultes, noirs sur la neige blanche, en plein combat. Les tétras-lyres choisissaient toujours les mêmes endroits pour se battre, année après année, ils revenaient dans leurs arènes. Ils sortaient aux dernières lueurs, quand le soleil avait déjà disparu derrière les crêtes mais éclairait encore, à cette heure que les Français appellent entre chien et loup*. Santorso aimait bien cette expression. Entre le chien et le loup, entre le crépuscule et la nuit, les petits coqs de bruyère sortaient pour en découdre, ils y allaient à coups de patte, de bec, d'ailes, tout ce qu'ils avaient pour combattre, et leur fureur était telle en ce début de saison des amours qu'ils pouvaient ignorer un engin chenillé, un homme avec des jumelles et même le rock'n'roll. Santorso observa les beaux sourcils rouges des deux coqs, leur plumage gonflé pour intimider l'adversaire. Dans un coin les femelles aussi attendaient de connaître le vainqueur. Neige ou pas neige, ce moment avait toujours marqué pour lui le début du printemps.

10

La station-service

Pour les animaux les amours commençaient alors que, pour eux deux, elles finissaient, ou étaient en suspens. Le lundi de Pâques, le télésiège s'arrêta pour de bon, les skieurs quittèrent Fontana Fredda comme des oiseaux migrateurs, Babette aussi prépara un écriteau sur lequel elle marqua: FERMÉ POUR CONGÉS. Elle annonça qu'elle partait en vacances sur une île, dont elle ne voulut révéler ni le nom ni la mer. Elle remit à chacun sa paye, ajouta quelques étrennes, ne dit rien de comment s'était déroulée la saison, même si le jour de la fermeture un type en costume-cravate débarqua et s'assit à une table avec elle pour passer en revue des liasses de factures. Fausto en savait assez en matière de dettes pour que cette scène éveille en lui un désir de révolte.

Il sortit avec Silvia le jeudi suivant. Ils descendirent aux Trois Villages, où deux trois bistrots étaient encore ouverts. C'était la première fois qu'ils allaient au restaurant ensemble, et ils se sentaient quelque peu mal à l'aise de jouer au couple à la pizzeria. Sans leurs tabliers de commis de cuisine et de serveuse, sans leur lit et leur poêle à bois, sans leurs oreillers et leurs verres, ils redevenaient tout à coup un homme de quarante ans et une femme de vingt-sept, dont les chemins allaient bientôt se séparer.

Alors, tu pars où au printemps ?

Je vais commencer par aller dans le Trentin. Il y a pas mal de travail à la campagne en cette saison, tu sais, entre les champs et les vergers.

Tu ne veux pas rester un peu ? Je pourrais t'héberger.

Je me suis déjà mise plus ou moins d'accord avec des amis. Mais t'inquiète, je reviendrai !

J'en doute pas.

Il y a le Quintino Sella cet été.

Je sais.

Et toi ?

J'ai des affaires à régler à Milan. Après ça, je me mettrai peut-être moi aussi à jardiner.

Il n'avait pas pensé à lui prendre un cadeau, elle si. C'était une édition des *Trente-Six Vues du mont Fuji* d'Hokusai. Fausto ne savait pas grand-chose ni sur le Japon ni sur l'histoire de l'art, et de toutes ces estampes, il ne connaissait que la plus célèbre, sans l'avoir jamais vraiment regardée de près. Il découvrit qu'elle s'appelait *La Grande Vague de Kanagawa*. En l'observant plus attentivement il remarqua que la gigantesque vague s'apprêtait à renverser trois barques de pêcheurs, et que sous la crête écumante, au centre de l'estampe, on pouvait voir un petit volcan enneigé, le mont Fuji. Le contraste entre l'impassibilité de la montagne et le tumulte de la vague au premier plan était frappant.

Il feuilleta d'autres pages : Parle-moi de ce livre.

Il date de 1833, dit Silvia. Au Japon, il a tout de suite eu un grand succès, les gens affichaient les estampes chez eux. Ce sont toutes des vues du mont Fuji, mais le vrai sujet, c'est la vie quotidienne qui se joue devant. Le travail et les saisons qui passent. Du moins c'est comme ça que je le vois.

Elles ont l'air tellement modernes.

Totalement. Elles ont beaucoup marqué les impressionnistes.

Et cet Hokusai, quel genre de type c'était ?

Le genre à avoir fait des milliers d'estampes pareilles à celles-ci. Il était comme les dessinateurs de mangas, un travailleur acharné. Il signait : Le vieillard fou de dessin.

Le vieillard fou de dessin !

Chaque vue du mont Fuji avait pour titre le nom du lieu et la description de la scène. Ils étaient tous paysans, pêcheurs, menuisiers, charpentiers, absorbés par leur travail et presque toujours indifférents à la montagne, tantôt gigantesque au-dessus de leurs têtes, tantôt minuscule à l'horizon, qui les surveillait. Sur l'une d'elles, des femmes élégantes montraient le Fuji du haut de la terrasse d'un salon de thé. Et sur une autre, à la fin du livre, il n'y avait que la montagne, sur toute la page.

Dommage qu'il n'y ait pas le cuisinier et la serveuse, dit Fausto.

Ah bon?

Ni les amants.

Oui mais nous on sait qu'ils sont là.

C'est un très beau cadeau. Merci.

C'était leur dernière soirée, et au lieu de rentrer directement à Fontana Fredda, ils décidèrent de la prolonger dans les bars de la vallée. Les bistrots des touristes étaient tous vides et plombaient le moral, mais ils trouvèrent un boui-boui, sous l'abri d'une station-service, où les montagnards arrosaient la fin de la saison de ski. L'uniforme de l'entreprise au placard, le dernier salaire en poche, plus de contrôles d'alcoolémie pour les six prochains mois. L'ambiance était si joyeuse que Silvia se mit à danser dans le peu d'espace qu'il y avait entre les tables, et Fausto vit alors ce qu'elle voulait dire quand elle lui avait expliqué être douée pour la fête: elle agitait ses cheveux d'Indienne d'un côté et de l'autre, les hommes sifflaient, tous les regards étaient rivés sur elle. Deux nouvelles bières arrivèrent qu'il n'avait pas commandées et il chercha des yeux qui les leur offrait. Au comptoir, un type avec un sourire fou leva son verre dans sa direction.

Elle revint à leur table et il lui dit : C'est la fin.

Pourquoi ?

Parce que tout le monde paie sa tournée. C'est ta faute. Je te dis adieu avant d'oublier comment je m'appelle.

Silvia but une gorgée de bière, lui prit la tête entre ses mains et l'embrassa. Elle était en sueur, excitée par la danse et les regards, et déjà un peu ivre.

Elle dit : Mais c'est pas la fin pour nous, hein ?

Non ?

Non.

Je croyais que c'était juste une histoire pour hiverner, dit-il.

Comment ça ?

Pour passer l'hiver au chaud.

Elle fronça les sourcils. Tira sur sa barbe pour le punir de cette mauvaise plaisanterie. Elle dit : Tu ne risques pas de devenir trop dur à force de rester seul là-haut ?

Je suis pas tout seul. Regarde le monde qu'il y a.

Je suis sérieuse !

Non, non, je te promets.

Tu veux qu'on rentre ?

Encore une chanson, j'aime tellement te voir danser.

La musique sortait du bar, et dehors quelques personnes fumaient et d'autres s'arrêtaient prendre de l'essence. Celles qui s'arrêtaient voyaient la fête et entraient boire un verre. Les bois se dressaient derrière les maisons, noirs et indistincts jusqu'aux prairies, où la neige reflétait les rayons de la lune.

11

Une maison vide

Quand il se décida enfin, un matin d'avril, Fausto monta dans sa voiture aux premières heures, le soleil encore derrière le col de la Finestra. Par endroits, les prés refaisaient surface au milieu de la neige, mais c'était de l'herbe ancienne, grisâtre, et elle semblait ternir le blanc, comme la cendre des cheminées jetée dehors et les tas de fumier qui recommençaient à sentir. Un peu plus bas ils y mettaient le feu, à cette herbe, qui brûlait en laissant derrière elle des pans de prairie noircis. Après un hiver entier passé en altitude, Fausto éprouva une certaine stupeur en descendant dans la vallée: aux Trois Villages, la neige avait déjà presque disparu, et en dessous de mille mètres, l'herbe prenait couleur. La forêt de sapins et de mélèzes se peupla de bouleaux, rouvres, hêtres, érables, châtaigniers, devint plus dense et foisonnante, et la pierre des maisons céda la place aux briques et aux tuiles, puis au béton des grands hangars. Au péage de l'autoroute il alluma la radio par réflexe et tomba sur les informations. Tout arrivait en même temps : la plaine, l'autoroute, les camions, le jingle de huit heures du matin, les nouvelles sans importance du jour. Ce n'était pas parce qu'il s'en était retiré un moment que le monde avait cessé de l'intéresser. Il s'arrêta à l'Autogrill pour le simple plaisir de boire un café au milieu des camionneurs et des automobilistes se rendant au travail. Sur l'axe Turin-Milan, le mont Rose resta dans un coin de sa vitre pendant des kilomètres, dominant d'abord les champs et les fermes, puis les centres commerciaux et les sites industriels de l'arrière-pays. *Le Mont Fuji au-dessus des usines et de la circulation du matin*, pensa-t-il. Il n'était même pas neuf heures et demie quand il entra dans Milan. Il avait toujours aimé l'absurde proximité qu'il y avait entre les Alpes et sa ville, combien de fois il était parti en montagne au dernier moment, sur un coup de tête, après une dispute ou parce qu'il avait envie d'être seul : il n'avait qu'à prendre sa voiture pour se retrouver là-haut en deux heures et quelque. Ce jour-là, il aurait préféré que les deux moitiés de sa vie soient plus éloignées, que le voyage soit long et compliqué, une histoire de trains, de wagons, de sentiers muletiers comme dans les journaux de bord des voyageurs anglais du dix-neuvième siècle.

En attendant au feu il pensa : bon sang, on s'habitue vraiment à tout. Je pourrais même me réhabituer à ça, une semaine suffirait. Sans réfléchir, il prit le périphérique, tourna après le pont de la Ghisolfa, trouva à se garer dans la rue parallèle de toujours. Sur la place du quartier, des coursiers péruviens allaient et venaient, des Arabes désœuvrés étaient assis à des tables dehors, des Africains grands et minces attendaient de récupérer leur linge devant les laveries automatiques. L'humanité était comme la forêt, pensa-t-il : plus on descend en altitude et plus elle se diversifie.

Il entra dans une cour intérieure cernée de maisons basses aux murs jaunes, les poubelles du tri d'un côté et le parking à vélos de l'autre, et utilisa ses clés pour ouvrir une porte devant laquelle il y avait un banc et quelques fleurs. Il s'était préparé à la vue d'un triste spectacle mais lorsqu'il franchit le seuil, ce fut à son odorat d'être surpris : non pas par une odeur d'abandon mais par celle, mystérieuse et reconnaissable entre mille, de chez lui, encore si présente. Il ne restait pourtant plus grand-chose de leurs meubles, à part la cuisine qu'il aurait été inutile de démonter et un canapé dont ils voulaient se débarrasser depuis des années. Ici et là, des affiches aux murs, des étagères vides. La maison avait un plafond haut et de grandes fenêtres pour avoir été, dans une vie antérieure, l'atelier d'un artisan, et Fausto monta par un escalier en fer à une mezzanine héritée de cette époque. À l'étage, Veronica lui avait laissé un rouleau de sacs noirs et une pile de cartons. Elle n'avait pas touché à ses habits dans l'armoire ni aux livres de la bibliothèque. Ses affaires à lui et ses affaires à elle avaient été séparées méthodiquement, sans rancune, dans la pièce qui avait été leur chambre à coucher. Fausto apprécia le soin qu'elle y avait mis, il y vit le désir de finir dignement.

Il remplit la voiture de choses à jeter, alla à la déchetterie, s'arrêta dans un bar au retour pour prendre deux bières fraîches. Veronica arriva au moment où il refermait les cartons de livres. Dans la maison il n'y avait plus une table ni une chaise, ni une tasse, ni un verre, ni un cendrier, aussi but-elle sa bière appuyée contre le plan de travail de la cuisine, laissant tomber les cendres de sa cigarette dans l'évier, et lui assis dans le vieux canapé défoncé. Ils s'étaient dit bonjour en s'embrassant sur la joue. Un seul baiser, pas deux, détachés sans être formels. Avant, quand il rentrait de la montagne, la première chose que faisait Veronica était de lui enlever ses vêtements et de l'expédier sous la douche : en l'embrassant, Fausto s'en souvint et eut honte de l'odeur qu'il devait dégager. Il aurait dû se laver avant.

Elle dit : Et là-haut, comment ça se passe ? Tu écris ?

Pas tant que ça.

Tu as fait quoi tout l'hiver ?

Le cuisinier.

Le cuisinier ?

Dans un petit restaurant. C'est une bonne place, tu sais ? Mieux que beaucoup d'autres boulots que j'ai eus. Le menu est pas compliqué, c'est toujours les quatre mêmes plats.

Qui l'aurait cru.

Certainement pas moi.

N'empêche, tu as toujours aimé ça, cuisiner.

C'est vrai.

Tu ne reprends pas tes ustensiles, tes belles casseroles ?

Je ne saurais pas où les mettre. Tu les veux ?

Moi ? Pour ce que je cuisine... sourit Veronica. Remarque, ce serait peut-être le moment que je m'y mette. Au moins j'arrêterais de me faire livrer n'importe quoi le soir.

Elle but une goulée à la bouteille, montrant son long cou. Après plus de six mois sans la voir, Fausto trouva qu'elle était une belle femme de quarante ans, dans la saison où les Milanaises commencent à se dévêtir. Leur peau nue le frappait toujours, au printemps, quand il revenait d'une altitude où les femmes étaient encore couvertes de laine. Les bras, les chevilles, les mollets, et les formes qu'on devinait sous les tissus. Le corps de Veronica était plus mûr et plus dense que celui auquel il s'était récemment habitué. Elle avait maigri, et mangeait certainement tout sauf n'importe quoi. Qui sait si c'était parce qu'elle ne mangeait pas ou parce qu'elle avait quelqu'un.

Ça va, toi ? dit-il.

Elle haussa les épaules. J'ai un travail, ils me payent. C'est pas rien de nos jours.

Et à part le travail ?

Que veux-tu que je te dise ? Je n'imaginais pas en arriver là à mon âge.

Je suis désolé.

Tu n'y as pas mis beaucoup du tien, hein.

C'est vrai.

Tu sais que ta mère m'appelle une fois par semaine ?

Non, je ne savais pas.

Tu te rappelles quand même qu'elle a quatre-vingts ans ?

J'irai la voir demain.

Ça t'arrive jamais de penser aux autres quand tu fais ta décroissance heureuse ?

Il reconnaissait bien là Veronica. Tout était vrai et juste, ni plus ni moins. Alors Fausto continua de s'excuser auprès de cette belle femme à laquelle il avait tant et tant de fois fait à manger.

12

Dans un autre pays

Il la revit le lendemain matin, dans un cabinet au centre de Milan, à mi-chemin entre le Duomo et la piazza degli Affari, un de ces immeubles revêtus de marbre dans lequel il ne semble y avoir qu'avocats, comptables, notaires. Il s'assit à une grande table ovale avec Veronica, le notaire, le représentant de la banque, la jeune femme qui allait habiter leur maison et son père qui la lui achetait. À cause de la crise économique ils la vendaient légèrement moins cher qu'ils l'avaient payée, et le plus gros de la somme solderait le prêt qui avait été, pour elle comme pour lui, l'équivalent d'un mariage. Le banquier avait l'air d'en écouter à longueur de journée, des lectures d'actes notariés. La fille trépignait d'impatience d'avoir les clés, le père était le seul à ne pas perdre un mot, Veronica voulait seulement que ça se termine, quant à Fausto, il eut l'impression d'assister à leur cérémonie de divorce : *Fausto Dalmasso, voulez-vous renoncer à cette femme ici présente, ne plus partager votre vie avec elle, reprendre la moitié de ce que vous aviez ensemble, et ne plus lui faire l'amour, ne plus vous occuper d'elle, la délester du fardeau que vous êtes et ne plus rien savoir de cette femme jusqu'à ce que la mort vous réduise en pâtée ?* Oui, je le veux, pensa-t-il, et il signa là où il fallait signer. Il espéra que cette fille serait heureuse, dans sa nouvelle maison, que ce lieu compterait pour elle et qu'elle y passerait ses plus belles années. Quand tout le monde eut signé, le père remit les enveloppes avec les chèques bancaires, une pour la banque, une pour Veronica et une pour Fausto, qui fourra dans la poche de sa veste à peine plus de huit mille euros. À quarante ans, c'était tout ce qu'il possédait, avec sa voiture, et il quitta le cabinet, rembruni et soulagé à la fois.

Bon ben ciao, dit-il à Veronica sur le trottoir.

C'est d'un triste, tu trouves pas ? dit-elle. Elle avait les larmes aux yeux. Qu'est-ce que tu fais, tu remontes tout de suite ?

Je ne suis pas pressé. Tu veux qu'on prenne un café ?

Non, je dois aller au bureau. Il est déjà tard. Et puis, on se dirait quoi ? Ciao, Fausto, ciao.

Un baiser sur la bouche, cette fois. Puis elle s'éloigna à grands pas le long du boulevard. Comme il n'était pas pressé, il resta à regarder son dos jusqu'à ce qu'elle disparaisse sous un portique, au milieu des passants.

Qui sait si je remettrai les pieds dans le centre de Milan un jour, pensa-t-il, et il décida de s'y promener un peu avant de repartir. Il avait presque oublié l'existence du Duomo, la grande place aux pavés fraîchement lavés, la statue équestre de Victor-Emmanuel, les immeubles austères du dix-neuvième et du vingtième qui contrebalançaient les extravagances gothiques de la cathédrale. Il se souvint de Hemingway et de sa nouvelle sur Milan qu'il avait lue un nombre incalculable de fois, c'était quoi le titre ? *Dans un autre pays*, mais oui. Il y avait le canal qui passait encore dans le centre, une vieille dame qui vendait des marrons grillés sur un petit pont, un jeune blessé de guerre américain qui en achetait un sachet en allant à l'hôpital, et qui gardait les châtaignes au chaud au fond de ses poches. Ce devait être octobre ou novembre. Il y avait des renards et des daims qui pendaient devant les boucheries, le poil rebroussé par le vent, les carcasses qui se balançaient, et après leur séance de rééducation, les soldats traversaient la place pour se rendre au café Cova, près de la Scala, qui était rempli de filles patriotes. Fausto se rappela l'incipit : *À l'automne, la guerre durait toujours, mais nous ne la faisions plus*[1]. Quel début mémorable. Il aurait aimé lire ce texte à Silvia dans leur petite chambre. Il avait l'habitude de le réciter à voix haute, il s'en était servi pendant des années dans les ateliers d'écriture qu'il donnait, et quand il l'expliquait à ses étudiants il parlait du soin, du fait de se soigner, de partager ses blessures avec les autres, de l'impossibilité de guérir totalement et de la possibilité, quand même, de trouver une consolation. Il préférait aujourd'hui y voir une histoire sur Milan en 1918. Une époque où les commerces du centre vendaient du gibier. Avec Silvia, il n'aurait pas parlé de blessures ou de soin, mais plutôt de désertion : au front, la guerre continue, mais les autres n'ont qu'à la faire, nous, on se promène avec des marrons grillés dans les poches et on offre à boire aux filles du bar. Cette pensée lui donna soif. Il traversa la galerie Victor Emmanuel, heureux de trouver encore son chemin de mémoire dans Milan, rejoignit le Cova qui n'était plus à côté de la Scala mais sur Monte Napoleone, au milieu des boutiques que fréquentaient les épouses des millionnaires russes. Ou étaient-ce plutôt leurs maîtresses ? Il commanda une coupe de champagne au comptoir pour trinquer à ses dernières réussites. *Il venait*

1. Ernest Hemingway, « Dans un autre pays », *Nouvelles complètes*, Paris, Quarto Gallimard, 1999, p. 368, traduction d'Henri Robillot.

de divorcer et de vendre sa maison, pensa-t-il, *et il buvait seul une flûte de champagne à dix heures du matin*. Le barman, qui devait être habitué aux excentricités des Russes, le servit sans broncher.

13

Un hôpital de la vallée

Sur le chemin du retour, dans la petite épicerie où il faisait ses courses, il entendit dire que Santorso avait eu un accident. Personne dans le magasin ne savait précisément ce qui lui était arrivé, mis à part qu'il était en montagne et qu'ils avaient dû l'héliporter, mais au village le bruit courait qu'il s'était retrouvé sous une avalanche. Fausto essaya d'en savoir plus au kiosque puis au bar : partout ils hochaient la tête, ne savaient pas, ne comprenaient pas de quoi se mêlait ce type, ce cuisinier qui était resté là-haut hors saison. Peut-être à cause de ce qui venait de lui arriver en ville, Fausto décida de s'en mêler pour de vrai : il n'eut pas à demander son chemin, l'hélicoptère ne pouvait aller et venir que d'un seul endroit.

Il roula cinquante kilomètres jusqu'à un hôpital de province moderne, bien indiqué et avec un grand parking, au pied des montagnes. Il était déjà sur la route quand il se rendit compte qu'il ne connaissait même pas le nom de Santorso. Mais il avait une certaine expérience des hôpitaux, il en avait fréquenté plus d'un : il demanda à voir un oncle admis aux urgences, il devait être en chirurgie orthopédique, et hasarda un des deux patronymes que pratiquement tout le monde portait à Fontana Fredda. Il avait visé dans le mille. Un Luigi Erasmo Balma était hospitalisé au troisième étage.

Il trouva Santorso, alias Luigi Erasmo, dans son lit, avec un bandage autour de la tête. Il en avait deux autres autour des mains : deux boules comme de gros gants de boxe qui lui recouvraient la moitié des avant-bras. Il était réveillé, même plus que ça, il était sur le qui-vive.

Il dit : Oh, mais qui voilà.

Luigi !

Qu'est-ce qui t'amène ici ?

Comment ça, qu'est-ce qui m'amène, je viens te voir.

Tu viens me voir ?

Mais qu'est-ce que t'as fait ?

Il fallait dépasser la gêne : Santorso se redressa contre l'oreiller et Fausto jeta un coup d'œil à son compagnon de chambrée. C'était un vieillard au chevet duquel une femme d'âge mûr était assise. Elle aussi les observait, et pour ne pas se montrer indiscrète elle tourna la tête et se remit à s'occuper de celui qui était peut-être son père, ou peut-être pas.

J'ai fait le con, dit Santorso. J'avais perdu un ski et au lieu de le laisser là où il était j'ai cru bon de descendre le chercher. La pente était un peu abrupte, je suis passé par des petits rochers, et une volée de pierres m'est tombée dessus.

C'était où ?

Tu vois la Valnera ?

Bien sûr.

Tu vois la crête des paravalanches ?

Oui.

J'étais derrière, dans un coin tout ce qu'il y a de plus banal. Je cherchais les coqs.

Et t'es tombé ?

Non, je me suis retenu. Mais j'aurais peut-être mieux fait de tomber.

Il essaya de tendre ses bras bandés, leva les yeux au plafond et dit : Dès que j'ai entendu la caillasse dégringoler je me suis cramponné à la roche. J'ai plus ou moins réussi à me protéger la tête, mais mes mains ont tout ramassé.

Merde.

Comme si un tracteur leur avait roulé dessus. Heureusement que j'avais des gants épais.

Elles sont cassées ?

Elles sont en miettes, tu veux dire.

Et la tête ?

Celle-là, elle m'a jamais servi de toute façon.

La frousse qu'il avait eue se lisait encore dans ses yeux. Il était affaibli et quand il racontait le souffle lui manquait. Ça faisait quelque chose de le voir dans un lit, les cheveux filasse, la barbe défaite, le cou brûlé par le soleil et ces bandes blanches et propres. Mais passé l'effet de surprise, il eut l'air content de la visite. Plus il parlait et racontait, plus il reprenait du poil de la bête.

T'en as fait des kilomètres pour venir me voir.

J'hésitais, et puis… C'est que personne à Fontana Fredda ne savait vraiment quoi me dire.

À tous les coups là-haut ils disent que je suis mort !

C'est pas loin.

J'ai l'impression d'avoir reçu une de ces tannées.

Tu peux le dire.

C'était un sacré coup de vent, hein Faus ? Tu te rappelles le jour où on est allés dans le bois ?

Oui mais il t'a pas fait tomber. T'es une sacrée *brenga*, toi. Ils les ont opérées, tes mains ?

Ils attendent que ça dégonfle un peu.

Ils ont raison.

Ils parlèrent encore quelques minutes, puis une infirmière entra pour changer la perfusion et Fausto sentit que le moment était venu de prendre congé. Il lui demanda s'il avait besoin de quoi que ce soit et promit de revenir d'ici quelques jours. Santorso n'était pas habitué à ce genre d'attentions, il oublia de remercier mais il était ému quand il lui dit au revoir. Il s'en remit aux soins de l'infirmière avec la même gratitude embarrassée.

Fausto alla chercher un médecin, qu'il trouva presque aussitôt. C'était un homme d'une soixantaine d'années, visage bronzé de la vie au grand air, habitué à dire les choses comme elles étaient. Il dit à Fausto que des mains en aussi sale état, il en avait déjà vu : chez les ouvriers, quand ils les fichaient sous les presses hydrauliques. Il n'en revenait pas que Santorso ait pu appeler les secours avec, il avait dû le faire tout de suite après l'accident et avant qu'elles ne deviennent inutilisables. Il avait perdu beaucoup de sang, dans l'hélicoptère il s'était évanoui à cause de l'hémorragie, et là ils l'avaient bourré d'antibiotiques et d'anticoagulants. En tout cas, même si le médecin excluait qu'il retrouve ses mains d'avant, ils les remettraient d'une façon ou d'une autre en état de marche.

Il tint à ajouter quelque chose qui n'avait rien à voir avec la chirurgie orthopédique, il dit à Fausto que l'état de santé général de M. Balma pouvait être qualifié de catastrophique. Il avait un foie d'alcoolique et les artères épaissies et bouchées, il pouvait faire une ischémie à tout moment, ou pire encore. Il n'avait pas vu de médecin ni fait d'examen sanguin depuis des années. Des histoires de montagnards.

Il enchaîna sur le pluriel, commença à parler d'*eux* au lieu de *lui*, et dit : Vous savez bien comment ils sont faits. Avec ce qu'ils mangent, à cinquante ans ils ont plus de gras que de sang dans les veines. Et ils vont pas changer leurs habitudes pour autant. À croire qu'ils attendent l'inévitable.

Fausto acquiesça, il ne savait pas quoi dire.

C'est pas votre oncle, n'est-ce pas ?

Non.

Il n'a pas de famille, ce monsieur ?

Je ne sais pas, il faut que je me renseigne.

Si vous trouvez quelqu'un de sa famille, dites-lui de venir voir comment il va. Ça fait trois jours qu'il est à l'hôpital et vous êtes le premier auquel je parle. En plus, il aura besoin de quelqu'un pour l'aider quand on le renverra chez lui, avec deux mains dans le plâtre, il risque pas d'aller loin.

J'imagine bien.

En sortant de l'hôpital, plus par curiosité qu'autre chose, il alla voir l'hélicoptère des secours alpins. Il avait mis une heure pour descendre de Fontana Fredda, mais à vol d'oiseau ça n'était pas une grande distance, l'engin avait dû faire le trajet en cinq minutes. Il trouva l'équipage non loin de la zone d'atterrissage. Il reconnut le guide, c'était une célébrité dans la région: il s'appelait Dufour, avait fait une carrière d'alpiniste et appartenait à une famille historique de guides du mont Rose, ceux-là mêmes qui tenaient le Quintino Sella. Il avait bientôt l'âge de la retraite mais faisait toujours partie des équipes d'intervention en hélicoptère. Dufour aussi eut l'air de le remettre. Un instant Fausto se figura qu'il se rappelait le gamin qu'il était il y a vingt-cinq ans, quand il accompagnait son père en randonnée, au lieu de ça il s'entendit demander : C'est pas toi le cuisinier de Babette ?

En personne.

Alors je sais qui t'es venu voir.

Ce n'était pas que ça le dérangeait d'être le cuisinier de Babette. C'était même normal que ce soit précisément par le travail que son visage se trouve admis dans la catégorie de ceux qu'on retient, entre les milliers d'autres qu'on croise et qui se confondent. Et non le fait d'arpenter les mêmes montagnes depuis tout petit ou d'avoir le mal du pays dès qu'il en était loin.

Dufour lui raconta que c'était justement lui que Santorso avait eu au téléphone. Ils se connaissaient depuis qu'ils étaient gosses, tous les deux. Il lui avait indiqué sa position dans les moindres détails, l'altitude, la visibilité, la description de l'endroit où il était, la crête de la Valnera. Ça n'avait pas été difficile de le localiser dans la neige. Il était assis sur un rocher comme pour profiter du panorama, et à l'arrivée de l'hélicoptère il avait levé les bras selon le signal convenu. Ces mains n'étaient vraiment pas belles à voir.

Fausto lui répéta ce qu'avait dit le médecin, pas pour le cœur et le foie, mais pour les mains.

Les mains des ouvriers sous les presses, les mains que d'une façon ou d'une autre ils remettraient en état de marche.

Heureusement, dit Dufour.

Mais ça prendra du temps.

Eh, j'imagine bien.

Je peux te demander une dernière chose ?

Bien sûr.

La fille qui travaillait chez Babette cet hiver, il paraît que vous l'avez prise au refuge ?

Oui, on l'a prise.

Tant mieux.

Tu penses qu'elle tiendra le coup ? Il faudrait pas qu'elle tourne les talons au bout d'une semaine.

Non, c'est pas son genre.

Comment elle s'appelle ?

Silvia.

Mais oui, Silvia. Et toi ?

Moi c'est Fausto.

Passe nous voir à l'occasion, Fausto.

Avec plaisir.

Il aurait pu parler encore longtemps avec un homme comme Dufour. Du Sella, du mont Rose, des glaciers d'autrefois et de toutes les montagnes qu'il devait avoir vues à travers le monde, mais il le remercia, salua aussi le pilote de l'hélicoptère et remonta à Fontana Fredda chercher de la famille à ce pauvre diable.

14

Le hors-la-loi

Le bandit débarqua à Fontana Fredda précisément quand le garde n'y était pas. Il arriva de l'est, par le col de la Finestra, avant qu'il ne fasse jour : c'était un loup solitaire qui rôdait de vallée en vallée, restant dans les bois et ne traversant les routes que si nécessaire, toujours de nuit. À cette heure-là, la neige était encore glacée et tenait bien, aussi avait-il pu atteindre le passage sans laisser d'autres traces que celles de ses griffes sur les tronçons les plus pentus. Il dépassa la chapelle, le mur de pierres sèches qui un temps avait été une frontière, et s'avança au-dessus du petit plateau dans la grisaille qui annonce l'aube.

Humant l'air, il retrouva de cette contrée une mémoire lointaine, un souvenir reçu en héritage. Comme les règles auxquelles il obéissait aveuglément – rester sur les hauteurs, ne pas quitter la forêt, voyager de nuit, se tenir à bonne distance des maisons et des routes – même s'il avait compris que quelque chose avait changé depuis qu'elles avaient été établies. Au village quelqu'un devait déjà être debout. Il sentit une odeur de feu, qui était une odeur d'homme, et celle de son bétail, mais il s'agissait de présences beaucoup plus ténues qu'à l'époque où lui, ou un autre avant lui, avait été chassé de ces terres.

Le vent changea de direction, caressa la montagne et lui apporta le parfum des bois. Il sentit l'odeur du chamois, du cerf, du sanglier : il y avait beaucoup plus de gibier qu'autrefois, quand ses ancêtres devaient guetter des journées entières pour trouver un loir ou un blaireau, nourriture qui ne les rassasiait pas et les obligeait à être toujours en chasse. Son ennemi s'en allait à présent, il laissait le champ libre. Dans les forêts les proies abondaient et chasser était devenu facile. Le loup leva son museau au vent, attendit qu'il tourne encore une fois et lui apporte d'autres nouvelles d'en bas, et il eut la confirmation : l'odeur de l'homme n'était plus qu'un semblant d'odeur, le sillage de quelqu'un qui était passé puis était déjà reparti. Il observa les près en jachère, les cheminées éteintes, et il lui sembla avoir encore affaire à un de ces villages désertés qu'il avait traversés dans son voyage. L'ennemi avait bel et bien perdu de la vigueur, peut-être pas au point d'être devenu inoffensif, mais assez pour qu'il puisse se risquer en bas. Il était peut-être temps de changer les règles.

Une autre sensation se fit jour en lui, qui n'avait rien à voir avec la faim, la chasse, la peur, la prudence, le calcul. Il l'éprouvait chaque fois qu'il atteignait une crête et qu'il surplombait une nouvelle vallée. Une sorte d'excitation, une odeur qui l'attirait encore plus que celle du cerf ou du chamois. L'odeur de la découverte.

La chapelle en avait vu passer, des voleurs, braconniers, contrebandiers et hors-la-loi de tous ordres. Le loup dévala le col, silencieux et léger sur la neige dure, avançant à découvert jusqu'à ce qu'il trouve de nouveau un abri au plus profond de la forêt.

15

La fille du montagnard

En fin de compte, Santorso en avait de la famille, une fille qui vivait ailleurs et qu'il n'avait pas avertie, ce fut elle qui l'appela dès qu'elle sut. Elle téléphona à Fausto dans la foulée. Difficile, à sa voix, de savoir quel âge elle avait. Elle demanda des nouvelles plus précises, Fausto lui raconta sa visite à l'hôpital et répéta à elle aussi ce que le médecin avait dit, sans rien omettre cette fois. La fille de Santorso posa d'autres questions : son père avait-il signalé l'accident ? Il pouvait travailler ou pas ? Il avait droit à une pension d'invalidité ? Elle voyait la chose de façon très pragmatique. Elle parlait un italien presque dépourvu d'accent : elle n'avait gardé de Fontana Fredda que quelques voyelles fermées, de petits défauts qu'elle n'avait pas réussi à gommer et qui révélaient, à une oreille entraînée, la langue rugueuse de la montagne.

Vous êtes un ami de mon père ?

Oui, on peut dire ça.

Je sais que vous vous connaissez de l'hiver dernier.

C'est vrai. J'étais cuisinier dans un restaurant près des pistes.

Oui, chez ma mère.

Pardon ?

C'est chez ma mère, ce restaurant.

Babette, c'est ta mère ?

Oui, mais c'est pas comme ça qu'elle s'appelle, hein.

Cela lui sembla si évident tout à coup. Santorso passait au restaurant matin et soir, elle le traitait comme un frère. Il se sentit bête de les avoir vus côte à côte pendant des mois, et de n'avoir rien remarqué.

La fille dit : Vous ne le connaissez pas tant que ça mon père.

Non, c'est vrai.

En même temps, ceux qui le connaissent ne sont pas descendus le voir à l'hôpital.

Fausto ne savait pas quoi dire. Il se sentait mis au pied du mur par une jeunette.

Quoi qu'il en soit, je vous remercie. C'était très aimable à vous. Je vais essayer de trouver un vol pour demain.

Un vol depuis où ?

De Londres.

Tu vis là-bas ?

Non, à Brighton. C'est sur la côte.

Et qu'est-ce que tu fais à Brighton, tu étudies ?

Je travaille dans un hôtel.

Tu as quelqu'un pour venir te chercher à l'aéroport ?

Oui, inutile de vous déranger.

Ce coup de téléphone laissa Fausto songeur toute la soirée. Il pensa à Santorso et à Babette comme mari et femme. Qui sait combien de temps ils étaient restés ensemble et quand ils s'étaient séparés. Leur fille pouvait avoir vingt ans. Avec un père et une mère pareils, c'était logique qu'elle ait un certain caractère. La fille d'une révolutionnaire et d'un montagnard.

Lui il n'avait pas eu d'enfant avec Veronica, ils en avaient parlé quelques fois en remettant la question à un avenir plus lointain, puis il n'y avait plus eu d'avenir, alors allez savoir si c'était mieux ou pas, au final, qu'ils n'aient pas fait un enfant ensemble. Quelque chose qui serait resté de leur histoire, peut-être loin d'eux, dans un hôtel en bord de mer. Quelqu'un qui aurait ressemblé un peu à elle et un peu à lui. Il avait été tenté d'appeler Silvia pour lui raconter les dernières nouvelles mais ce n'était peut-être pas le moment de lui parler de ça, et il renonça. Il se sentit très seul ce soir-là. Qu'est-ce qu'elle lui avait dit déjà ? *Ne deviens pas dur* ? Il pensa au dos de Veronica, qui s'éloignait en hâte pour qu'il ne voie pas qu'elle pleure. Mais qu'est-ce qu'il faisait là, un abruti de quarante ans sans famille ni travail, à part suivre son utopie ridicule du *vis-là-où-tu-es-heureux* ? Il y avait une seule personne avec laquelle il pouvait être dur, et il savait aussi comment. Il vida le reste de son verre dans l'évier et alla se coucher, s'efforçant de tenir sa promesse.

16

Le chant des pistes

Je peux manger quoi alors ? demanda Santorso.

Des petits pois. Des haricots blancs. Des pois chiches. Du soja.

Quelle horreur.

Tout dépend comment tu le cuisines, tu sais.

Et pour la viande ?

Du poulet.

Comme si c'était de la viande.

C'est de la viande blanche. Et du poisson. Du saumon fumé, du filet de merlu.

Et en fromage ?

Le fromage, tu peux faire une croix dessus.

Dio faus.

Ils rentraient de l'hôpital, Fausto au volant, Santorso qui regardait dehors par un matin pluvieux. Au début, il était absorbé dans ses pensées mais dès qu'ils entrèrent dans la vallée il fit attention au moindre détail. Il avait passé trois semaines à l'hôpital, et il avait raconté aux infirmières que jamais depuis son service militaire il ne s'était absenté de chez lui aussi longtemps. En trois semaines, le printemps avait transformé le paysage : l'herbe avait poussé d'une vingtaine de centimètres, les arbres fruitiers avaient fleuri, le bois de feuillus avait pris une teinte éclatante. Sur les montagnes la limite de la neige avait grimpé de cinq cents mètres.

Elle est pas belle ma vallée ? dit Santorso, qui ne faisait aucun cas de la pluie battante qui dégoulinait sur le pare-brise.

Oui, elle est belle.

Quand je pense que certains la fuient.

Va comprendre.

Roule doucement, c'est la transhumance.

Fausto ralentit derrière un troupeau qui occupait toute la chaussée. Les bêtes montaient aux pacages de mai, les alpages intermédiaires, les *mayens*. Sur un kilomètre, il suivit la longue procession de bovins, indifférents à la pluie, aux sonnailles qu'ils avaient au cou, aux chiens qui aboyaient autour d'eux et s'ébrouaient de temps à autre pour s'essorer.

Qu'est-ce que t'es allé faire à Milan ?

J'ai vendu ma maison. Rendu visite à ma mère. Récupéré mes livres.

Tiens, t'avais une maison ?

À moitié, avec mon ex. Maintenant on n'a plus la moitié de rien du tout.

C'est pas plus mal.

Ma foi, je ne sais pas.

Et tu comptes faire quoi, acheter à Fontana Fredda ?

Non, j'en ai assez de l'immobilier. Pour le moment, je cherche un travail. C'est bien beau que Babette soit en vacances mais moi j'ai un loyer à payer.

C'est vrai.

Le troupeau quitta la route goudronnée et se dispersa dans un pré. Un homme costaud avec un parapluie et sa combinaison d'éleveur adressa un signe de salut à Santorso tandis qu'ils le dépassaient, en retour Santorso leva une main plâtrée et prononça son nom. *Martín il Bello*, dit-il. Il nommait tout ce qu'ils croisaient, chaque habitation, chaque hameau, chaque personne, chaque torrent et chaque prairie, mais à mi-voix, dans une litanie qui n'appartenait qu'à lui. Voilà *la Borna Freida, il Prato delle Lose, le Barmasse*, voilà l'*Uomo Storto, il Ru del Pane Perduto*, tiens il y a *Buon Tempo* au bar des *Trois Villages*... Fausto repensa au livre de Chatwin sur les aborigènes d'Australie, qui utilisaient des chants plutôt que des cartes. Dans le chant de Santorso, il y avait tout ce qu'il croisait sur le chemin, un rocher avec une forme étrange, un arbre solitaire, le champ d'un paysan, et en le mémorisant le voyageur mémorisait du même coup la piste. Santorso chantait la route jusqu'à rentrer chez lui, la chanson de sa vallée. Fausto se demanda si lui aussi, un jour, il la chanterait.

Et pour la bouteille, ils ont dit quoi ?

Ils t'ont rien dit ?

Non.

Tu as droit à un verre de rouge par repas. Et une bière à l'occasion.

C'est déjà ça.

Sans tes mains, je demande à voir comment tu vas faire.

Je trouverai bien un moyen.

Aux Trois Villages, ils prirent la bifurcation qui montait à Fontana Fredda et, peu à peu, mai recula et s'éteignit. À mille cinq cents mètres, les mélèzes n'avaient pas encore sorti leurs feuilles, les premiers crocus sourdaient dans les prés et seuls les torrents étaient déjà en crue. Au dernier virage, à mille huit cents mètres, la pluie se transformait en neige.

La Siberia, dit Santorso. C'était le dernier couplet.

Et ils disent que c'est le printemps.

Fausto le conduisit jusque devant sa porte, où sa fille l'attendait. Elle était grande, solide, les traits un peu durs de son père, la peau diaphane des roux, comme sa mère. Ce roux qui relevait du souvenir chez Babette était vif chez elle, il flamboyait comme le rouge des coquelicots dans ce paysage gris. Elle ouvrit la portière à son père, qui eut un peu de peine à descendre de voiture avec les deux bras accrochés à son cou. Ils entrèrent pendant que Fausto déchargeait les boîtes de petits pois, haricots blancs, de croquettes de soja et de poisson surgelé qu'il lui avait achetées.

17

Une carte postale

Mais le printemps, on ne l'arrêtait pas comme ça, l'instinct de poindre, d'éclore, de germer était trop fort. Les fontaines de Fontana Fredda débitaient de l'eau qui débordait des baquets et les torrents de la fonte creusaient des sillons dans les chemins de terre, dénudaient les cailloux des sentiers. Le soleil réchauffait les murets des terrasses, sortant les vipères de leur léthargie. Il arriva à Fausto d'en surprendre en train de s'accoupler, dans le coin plus bas qu'ils appelaient les Murazze : les vipères, d'ordinaire si craintives, perdaient toute retenue au point qu'il pouvait être dangereux de les croiser, on les trouvait entortillées l'une à l'autre et il valait mieux s'écarter et passer son chemin. Il s'était remis à marcher pendant des heures comme il le faisait à l'automne. Soit il montait jusqu'à la limite de la neige, soit il flânait dans les bois meurtris, où cerfs et chevreuils, à force de se frotter la tête contre les troncs, de saigner, de s'arracher la peau, libéraient enfin leur nouveau manteau.

Ces jours-là, il se remit à feuilleter le livre que Silvia lui avait offert, leur secret Hokusai. Il trouvait mille correspondances entre ces estampes anciennes et ce qu'il voyait de sa fenêtre. À Fontana Fredda les montagnards brûlaient genévriers et broussailles, tiraient la herse pour raser les taupinières, Gemma passait cueillir de la chicorée avec un canif : seule au milieu d'un pré, elle se penchait tous les deux ou trois pas et en remplissait des sacs entiers. Ici aussi, tout le monde semblait ignorer le Fuji qui les observait.

À la fin du livre, il trouva le seul texte qu'Hokusai ait laissé, et qui disait : « Depuis l'âge de six ans, j'avais la manie de dessiner la forme des objets. Vers l'âge de cinquante ans, j'avais publié une infinité de dessins, mais tout ce que j'ai produit avant l'âge de soixante-dix ans ne vaut pas la peine d'être compté. C'est à l'âge de soixante-treize ans que j'ai compris à peu près la structure de la nature vraie, des animaux, des herbes, des arbres, des oiseaux, des poissons et des insectes. Par conséquent, à l'âge de quatre-vingts ans, j'aurai fait encore plus de progrès ; à quatre-vingt-dix ans, je pénétrerai le mystère des choses ; à cent ans je serai résolument parvenu à un degré de merveille, et quand j'aurai cent dix ans, chez moi, soit un point, soit une ligne, tout sera vivant. Je demande à ceux qui vivront autant que moi de voir si je tiens parole. Signé : Le vieillard fou de dessin[1]. »

Babette manquait à Fontana Fredda, l'écriteau sur la porte se décolorait de plus en plus. Fausto eut envie de faire quelque chose qu'il ne faisait plus depuis très longtemps : il prit un bloc-notes et un stylo et s'assit à sa table pour lui écrire une lettre. Il se souvint à quel point il avait aimé ça avant, ç'avait même été sa première forme d'écriture. Combien de lettres il avait envoyées aux filles dont il s'amourachait ! En trois feuilles, il raconta à Babette le printemps, Veronica et la maison à Milan, les doutes et le sentiment d'échec que son séjour en ville lui avait laissés. Puis l'accident de Luigi et la rencontre avec sa fille, qui lui ressemblait beaucoup. Il écrivit que, même si elle se reprochait souvent le contraire, elle avait tout l'air d'avoir réussi à faire quelque chose de bien à Fontana Fredda, entre une fille dont elle pouvait être fière et un lieu qui était pour beaucoup un refuge, au sens le plus propre du terme. En tout cas, il l'avait été pour lui, qui y avait trouvé hospitalité et empathie à un moment compliqué de sa

1. Préface de *Cent vues du mont Fuji*, 1835. Cité dans *Hokusai: Paroles d'artiste*, Lyon, Fage éditions, 2014.

vie, estime pour ses talents culinaires limités, et joie quand dehors il faisait moins vingt. Il lui rappela que dans la nouvelle de Blixen, pendant ce fameux repas qui avait coûté une fortune à Babette, pas un seul des paysans norvégiens ne s'était rendu compte des délicieux mets qui leur passaient sous le nez, à l'exception du général à la retraite qui avait vécu des années à Paris. En silence, parce qu'il ne pouvait le dire à personne, le vieux soldat mangeait et pensait : cette femme est une grande artiste. Au fond, c'était tout le retournement de cette nouvelle : l'un d'eux l'avait vue, l'avait reconnue, et parce qu'une personne au moins sur Terre avait apprécié ce festin, cela avait valu la peine que Babette le prépare.

Il termina la lettre en écrivant : Et toi, comment vas-tu ? Tu nous manques. Tu reviens ?

Puis il descendit aux Trois Villages, alla au kiosque et demanda une carte postale de Fontana Fredda. La buraliste en repêcha un paquet dans son arrière-boutique. Il y en avait une avec une photographie d'époque : Fontana Fredda en 1933, rien qu'une poignée de maisons en pierre, pas de route, pas de lampadaires, pas de chalets pour touristes, pas de Festin de Babette et pas de télésiège, mais un paysan qui poussait un bœuf sur un sentier muletier, et les montagnes. Derrière les champs cultivés et les bottes de foin, les montagnes étaient hors du temps. Fausto glissa la lettre et la carte postale dans une enveloppe sur laquelle il écrivit la seule adresse qu'il avait, celle du restaurant. En espérant que, là où elle se trouvait, Babette faisait suivre son courrier, mais en fin de compte, qu'est-ce que cela changeait qu'elle la lise dans une semaine ou dans un an ? Il était content de lui avoir écrit tout ça. Il colla un timbre, la posta en sortant de chez la buraliste et eut le sentiment qu'elle partait pour un très long voyage.

18

Vieux bois

La maison de Santorso se trouvait légèrement au-dessus du village, blanchie à la chaux et orientée au sud, en plein soleil. C'était un corps de ferme, en tout cas c'était l'idée quand elle avait été construite, mais si la grange servait encore, l'étable était devenue un entrepôt rempli d'outils, de vieilles reliques et de butins de ses virées en forêt.

C'est la caverne d'Ali Baba, ici, dit Fausto.

Ou la décharge.

C'était une étable avant ?

En théorie. C'est mon père qui a construit cette bâtisse, mais il détestait les bêtes et a toujours travaillé comme maçon. Peut-être qu'il comptait sur moi pour renouer avec la tradition, mais comme tu vois...

Il n'y a pas de vaches ici.

Qu'est-ce que tu veux, il y a le chien de chasse et le chien de berger. Chacun suit son instinct.

Et le foin, t'en fais quoi ?

Je le vends, je le troque. J'aime bien le vieux bois.

Des planches grises étaient empilées sur un côté, contre le mur. Nombre d'entre elles étaient encore incrustées de fumier, de ce fumier qui dans les étables de montagne semble être là depuis des siècles. Certaines étaient attaquées par l'humidité, d'autres couvertes de clous tordus.

C'est tout du mélèze. Il a l'air dégueulasse comme ça, mais regarde comment il devient si tu le nettoies un peu.

Il ne pouvait le lui montrer avec les mains, et l'indiqua en tendant un pied : une planche qu'il avait lavée et brossée jusqu'à faire apparaître les veinures du bois, et le gris avait viré au rouge vif.

C'est sa couleur naturelle ?

C'est en partie le rouge naturel du mélèze, en partie toute la merde qu'il a absorbée. L'odeur est impossible à faire partir.

Et qu'est-ce que tu vas en faire ?

J'étais parti pour en faire une table. Mais là, il est plus question de faire quoi que ce soit, alors il restera à vieillir encore un peu.

Fausto renifla le bois : il avait une odeur forte mais pas désagréable. Il était constellé des trous des clous qui y avaient été plantés. Chaque trou était auréolé d'un rouge plus sombre, la rouille laissée par le clou.

Santorso s'était assis contre son établi. Il se racla la gorge et dit : J'ai peut-être trouvé quelque chose pour toi.

Quoi donc ?

Un travail.

Dans la menuiserie ?

Non, sur les chantiers forestiers. Au département, ils ont décidé de faire le ménage dans les bois, et ils sont en train de former les équipes. J'ai encore des contacts là-bas.

Des équipes de bûcherons ?

Oui.

En quoi ce serait pour moi ? Je n'ai jamais touché à une tronçonneuse de ma vie.

Je m'étais dit que tu pourrais cuisiner.

Fausto posa la planche et l'écouta plus attentivement.

Les équipes, dit Santorso, sont composées de dix à douze hommes qui s'occupent de la coupe, et d'un cuisinier à la demi-journée. Comme les chantiers sont trop loin pour descendre manger, ils préfèrent avoir quelqu'un qui cuisine sur place. Tu montes le matin avec les courses, là-haut il y a un réchaud de camping, des casseroles et tout ce qu'il faut, et à deux heures ton quart est fini. D'habitude ils engagent une femme, mais je me suis dit…

Pour moi, ce serait parfait.
Si je ne m'étais pas fait mal, je me serais proposé aussi. Ils paient bien, tu sais ? Et c'est pour tout l'été.
Tout l'été dans la forêt.
La cuisine, tu connais.
Je dirais que oui, depuis le temps.
Alors je leur passe un coup de fil.
Cuisinier sur les chantiers forestiers : Fontana Fredda était en train de donner quelques leçons à l'écrivain Fausto Dalmasso. Primo : on a toujours besoin de quelqu'un qui fait à manger ; quelqu'un qui écrit, pas forcément. Secundo : s'il était vrai que cet homme ne disait pas merci, ni ne demandait probablement pardon, il savait honorer ses dettes, et ça aussi, ça valait plus que les mots.
Ils entrèrent dans la maison où sa fille avait préparé le thé. Ils s'assirent et Fausto remarqua aussitôt le coq empaillé, sur une branche, qui dépassait d'une étagère au mur. Il avait un cou bleu qui contrastait avec son plumage noir, les ailes déployées dans une position de combat.
C'est un grand tétras ?
Un tétras-lyre. Le grand tétras, c'est le coq de bruyère, mais ça fait des lustres qu'on n'en voit plus ici.
Je sors, dit la fille. Je prends la voiture.
Ciao petite, amuse-toi bien.
Ciao papa. Elle se pencha pour l'embrasser sur une joue. Ne te fatigue pas trop, hein.

À vos ordres.

Ciao, Fausto.

Ciao, Caterina.

Elle était sévère, sa fille, sévère et méfiante, mais elle avait au moins fini par l'appeler par son prénom. Santorso laissa passer une minute puis indiqua à Fausto le meuble derrière lui et une bouteille sans étiquette. Elle était transparente, on aurait dit de la grappa. Fausto pensa que pour une fois ils pouvaient bien trinquer : il jeta son thé, versa la liqueur dans les tasses et en mit une devant lui.

T'as des enfants, toi ? demanda Santorso.

Moi non.

Penses-y. J'ai cinquante-quatre ans. C'est beau d'avoir un peu de jeunesse autour.

J'y penserai.

Et ta copine, comment elle va ?

Ma copine ? Ah non, c'est pas ma copine.

Dommage, elle était mignonne.

Santorso était très fier de ce qu'il avait combiné, il était d'humeur loquace. Il coinça la tasse entre ses deux plâtres, réussit à la porter à ses lèvres et but une gorgée. Sa technique était déjà bien rodée.

Il dit : C'est du gin, je le fais moi-même.

Tu fais du gin ? Et comment tu fais, t'as un alambic ?

Un alambic, et puis quoi encore ? Je prends de la vodka qui n'a pas de goût et j'y mets des baies de genièvre. Goûte voir.

Fausto goûta la liqueur et en fut étonné : c'était du gin, impossible de ne pas tomber dans le panneau. C'était un bon gin qui n'aurait pas déparé dans les bars de Milan.

J'aime bien parce qu'il a le goût de la forêt, dit Santorso, puis il vida sa tasse à la santé de son ami cuisinier, ce faux cuistot qui, allez savoir pourquoi, s'était pris d'affection pour lui.

19

Un avant-poste de l'humanité

Elle était mignonne, c'est vrai, et au début du mois de juin elle remontait en quatre-quatre les contreforts sud-ouest du mont Rose. Le fils de Dufour conduisait, et à côté de lui était assis un homme appelé Pasang Sherpa. Un Népalais, pensa Silvia : elle avait déjà entendu dire que des Népalais travaillaient dans les refuges du mont Rose. Elle avait mal dormi, ses rêves avaient continué de faire leur chemin après le réveil, la rendant mélancolique. Pourtant, sa grande aventure commençait : au bout d'une demi-heure de route en terre, ils passèrent de la forêt où l'été battait déjà son plein aux prairies qui n'avaient pas encore fleuri, croisant pistes de ski et pylônes de remontées fermées, jusqu'aux premiers bancs de neige. Ici c'est la France, pensa-t-elle, ici la Belgique et la Hollande, ici le Danemark, la Suède, la Norvège. Y avait-il aussi sa mère, dans le rêve ? Elle s'était levée de la même humeur que lorsqu'elle rêvait d'elle. En Norvège, les névés étaient striés de traces de pneus, et le fils de Dufour actionna lui aussi le réducteur de vitesse, réussit à continuer sur quelques virages avant de renoncer, bien en dessous de là où la route, en théorie, finissait.

Terminus, dit-il. Ils sortirent dans la fraîcheur matinale et déchargèrent les sacs à dos, les crampons, la corde, et enfilèrent leurs vestes matelassées. Le mont Rose était couvert et ils se trouvaient à la hauteur où les nuages deviennent brouillard, et inversement.

Par la fenêtre le fils de Dufour dit : T'as tout, Doko?

Je pense que oui.

Puis, s'adressant à elle : Pasang connaît la route. Si tu fatigues, il te prendra sur son dos.

Espérons qu'on n'en arrivera pas là.

Bon, belle promenade. *Tashi delek*.

Le jeune homme manœuvra, braqua et disparut en direction de la vallée, et bientôt le bruit du moteur se perdit lui aussi dans le vent. Pasang choisit une paire de crampons et se baissa aux pieds de Silvia : il ajusta la taille, les accrocha pendant qu'elle lui tendait un pied puis l'autre, honteuse de ne pas savoir comment s'y prendre toute seule.

On n'est pas encore sur le glacier, n'est-ce pas ?

Non. Mais il vaut quand même mieux mettre les crampons.

Comment il t'a appelé ? Doko ?

C'est une blague entre nous. Ça veut dire hotte.

La hotte du porteur ?

Oui.

C'est pour ça que tu t'appelles Sherpa ?

Pasang secoua la tête et sourit. Il avait dû l'expliquer un million de fois mais il n'avait pas perdu la patience de le répéter : Sherpa, c'est le nom d'un peuple, on s'appelle tous comme ça.

Quelle ignare, pardon.

Ce sont les gens qui habitent autour de l'Everest. Beaucoup travaillent comme porteurs, c'est pour ça que tu confonds.

Et Pasang, qu'est-ce que ça veut dire ?

Vendredi.

Vendredi ?

Parce que je suis né un vendredi. Il rit. Il avait de grandes dents blanches et un sourire qui faisait disparaître ses yeux derrière deux fissures. Je ne suis qu'un Sherpa né un vendredi.

Tu parles très bien italien.

Tu mens. Et toi, qu'est-ce qu'il veut dire ton nom ?

Ça veut dire femme des bois.

Silvia, femme des bois ?

Plus ou moins.

C'est un beau nom.

Le Sherpa noua la corde par-dessus son sac, chargea le tout sur son dos, et se mit en marche en direction du col. La neige était glacée et Silvia constata aussitôt l'utilité des crampons. Elle lui emboîta le pas en silence, se calquant sur sa trace et son allure. Elle avait compris que cette ascension était un test: comment expliquer autrement qu'ils ne soient pas montés dans l'hélicoptère avec le reste des affaires? Mais c'était dans l'ordre des choses: un refuge, ça se mérite. Plus de mille mètres de dénivelé, il allait falloir avancer doucement, éviter de trop lever les yeux, ne pas penser au chemin encore à parcourir. Elle décida de se concentrer sur les pieds de Pasang devant elle. Ses pieds, la neige, la cadence régulière de ses pas, et elle sentit peu à peu ses jambes sortir de leur torpeur, cœur et poumons trouvaient leur rythme. Elle s'était entraînée, au printemps. Le brouillard qui les enveloppait cessa de lui paraître hostile, elle n'avait plus à penser à rien d'autre que ses pieds et sa respiration, il n'y avait plus qu'elle, Pasang et la neige. Sous les couches de vêtements d'hiver, son corps commençait à s'échauffer et à transpirer.

C'est dans cet état de concentration que son rêve refit surface: sa mère lui disait de ne pas y aller, de ne pas monter au refuge, parce qu'on avait besoin d'elle à la maison, et Silvia protestait. Elle disait: Alors toutes vos histoires d'éducation à la liberté et au courage, ça vaut pour les autres mais pas pour moi ? Et sa mère de répondre : Tu sais, il faut parfois plus de courage pour rester que pour partir, elle avait toujours le dernier mot, ça la mettait en rage. Dans le rêve, sa mère était encore jeune, elle pouvait avoir quarante-cinq ans, et Silvia avait l'impression d'être une petite fille.

Elle ne remarqua qu'ils avaient rejoint la col qu'une fois atteinte la station d'arrivée du téléphérique. Ce fut un choc, une violente interférence : les hideuses structures des installations, les filets de sécurité, les déblais, le béton brut. Pasang ne marqua pas de pause, il mit le cap au nord après le col, continuant le long de la crête, et bientôt les signes des pistes s'effacèrent sous la neige. Un peu à cause du vent qui soufflait là-haut, un peu à cause de l'altitude à laquelle elle était montée trop vite, Silvia se sentit désorientée. La veille encore elle était dans un train qui traversait les villes et les champs d'été. Le vent faisait maintenant des trouées dans les nuages, elle levait les yeux des pieds de Pasang et à travers ces brèches elle découvrait tantôt le bleu du ciel, tantôt une vision fugace de roche, glacier, sommets. Sommets qu'elle ne reconnaissait pas. Dans la neige une série d'empreintes, de chamois ou de bouquetins peut-être, partait dans une direction différente de la leur, et elle en vint à penser : si j'étais seule, je me perdrais. Je pourrais errer là-haut dans la neige et le brouillard jusqu'à la nuit tombée, et c'en serait fini de moi.

Pasang se rendit compte qu'elle commençait à peiner, ou peut-être avait-il déjà décidé qu'ils prendraient leur pause à cet endroit, et il posa son sac à dos contre un rocher qui les protégeait du vent. Ils marchaient depuis bientôt deux heures.

On avance bien, dit-il.

On est à quelle hauteur là ?

Trois mille. Peut-être un peu plus.

Le voilà donc, le cercle polaire. Le brouillard laissait entrevoir les deux vallées à leurs pieds : les moraines glaciaires, les torrents blancs et rapides, les premiers maigres pâturages, ils dominaient tout désormais.

Je n'étais jamais montée aussi haut.

Jamais ?

Au Népal, c'est comment à trois mille mètres ?

C'est la campagne. Il y a les rizières.

Vous cultivez le riz à trois mille mètres ?

Oui, et l'orge aussi, un peu plus haut.

Pasang dévissa le bouchon du thermos et le remplit de thé. Il l'offrit à Silvia au lieu de boire lui, et elle se demanda de nouveau s'il faisait ça par devoir, parce qu'on l'avait placée sous sa protection, ou simplement par gentillesse.

Le thé était bon, chaud et fort, très sucré. Cet homme, son allure, sa façon de parler, son thé avaient le don de l'apaiser.

Et t'es déjà allé sur l'Everest ?

Quelques fois.

T'es allé plusieurs fois sur l'Everest ?

Au sommet, seulement deux. Les autres fois, c'était en dessous du sommet. Il y a plein de boulots différents dans une expédition.

Quoi par exemple ?

Tu veux aller travailler au Népal ?

Peut-être bien !

Il y a ceux qui portent le matériel au camp de base. Ça, c'est un travail pénible, mais pas dangereux. Puis ceux qui préparent le glacier en installant les cordes fixes et les échelles. Ça, c'est dangereux à cause des avalanches. Puis les porteurs en haute altitude, très dangereux. Et il y a encore le cuisinier.

Il y a toujours un cuisinier, hein ?

Pour moi, c'est la meilleure place. Tu crains rien, t'es au chaud, tu manges bien. Mais monter au sommet de l'Everest, ça rapporte plus, et puis tu peux faire carrière.

Faire carrière, c'est venir travailler sur le mont Rose ?

Peut-être bien, oui !

Silvia avait dans son sac à dos des fruits secs et une tablette de chocolat. Pasang accepta le chocolat sans se faire prier, il s'en servit un bon morceau, et cela lui fit plaisir. Ils burent encore une gorgée de thé puis repartirent avant de prendre trop froid.

Le dernier tronçon n'était plus que de la pierraille que le vent, par endroits, avait débarrassée de la neige. Sous leurs pieds se succédaient de petits couloirs, des lacs glacés guère plus grands que des mares. Puis l'arête s'effilocha, ses versants s'escarpèrent, et elle devint une crête rocheuse. Ils trouvèrent alors les premières cordes fixes et échelles en acier, il fallait mettre les mains et Silvia en fut heureuse, parce que ça l'empêchait de se laisser distraire, de se perdre dans ses pensées et de se sentir coupable du fait qu'elle décevait sa mère. Elle s'y connaissait mieux avec la roche qu'avec la neige.

On est bientôt arrivés, dit Pasang.

C'est pas déplaisant.

Tu fais de l'escalade ?

J'en ai fait un peu, oui.

Alors on continue comme ça ?

Oui, pourquoi pas.

Elle le suivit sur un tronçon fait d'échelles et de cordes presque à la verticale. Une passerelle en bois installée sur la crête pour franchir une petite crevasse. Un passage sur le fil du rasoir, des planches inclinées pareilles à des toboggans suspendus au-dessus du vide. Ce brouillard était peut-être une aubaine, il cachait à sa vue les précipices, lui présentait un problème après l'autre, lequel était tout de suite devant ses yeux et à portée de ses mains, mais cette fois, Pasang vit quelque chose qui lui déplut.

Je ferais peut-être mieux de t'assurer, dit-il.

Ici ? Je croyais qu'on était bientôt arrivés ?

Oui, mais c'est pas joli-joli. On en a pour deux minutes.

Silvia préféra ne pas discuter, mais elle se sentit rabaissée. Cette crête n'avait rien de particulier, sur les Dolomites elle avait vu bien pire, elle aurait aimé qu'il continue et ne doute pas d'elle. Elle mit un point d'honneur à au moins se harnacher elle-même : elle enfila son baudrier, le serra, prit l'extrémité de la corde et s'attacha avec un double nœud de huit, puis attendit que Pasang franchisse le passage, fixe une cordelette autour d'une petite dent de roche et l'y assure.

Tu peux y aller. Plante bien les crampons.

Ce n'est qu'une fois qu'elle eut posé le pied sur les planches inclinées qu'elle remarqua le voile de glace qui les couvrait. Pasang avait raison, il n'avait rien de joli ce passage. Ses crampons devaient trouver prise dans quelques millimètres de glace, sur lesquels elle passa d'un pas rapide et décidé, reconnaissante d'être attachée. Il répéta la manœuvre sur un seul autre passage, une petite goulotte encombrée de neige dure où il fallait creuser les marches à coups de piolet, et pour le reste ils avancèrent de conserve jusqu'au bout de la crête. Heureusement qu'ils voyaient le bout, car les trois mille cinq cents mètres commençaient à lui donner le tournis : elle se sentait confuse, vidée, regardait pieds et mains se mouvoir sans presque les commander.

Le Quintino Sella apparut au dernier moment, sur un plateau au pied du glacier. Il aurait fait une bonne base arctique : un gros édifice en forme de trapèze inversé, une façade couverte de panneaux solaires. Le vieux refuge en bois était légèrement plus haut, une vraie cabane de pionniers, avec la baraque des latrines qui s'avançait au-dessus du précipice. Devant le nouveau refuge, sur la plaine, des guirlandes de drapeaux tibétains volaient au vent, retenues par un grand tas de cailloux, et d'autres tas plus petits étaient éparpillés sur le site. Les fanions colorés égayaient un peu cette matinée humide et brumeuse.

Sur la zone d'atterrissage, Dufour était occupé à répartir le matériel sorti des sacs de chargement. Ils étaient remplis de victuailles, de packs de bière et de vin, de paquets de papier toilette et d'autres choses encore qu'il fallait rentrer, il y avait déjà de quoi faire.

Oh, Doko, dit le guide. Je suis content de te voir.

Ciao, patron. On est arrivés.

20

Les abatteurs d'arbres

Dans les bois en revanche il n'y avait pas de Népalais mais des Bergamasques, des Valtelinois et des Moldaves qui parlaient l'italien avec l'accent de Bergame ou de la Valteline. Fausto montait au chantier en passant entre des centaines d'arbres marqués du sceau rouge des forestiers, parce que cassés, tordus, malades, risquant de tomber, et guettait les cris des bûcherons. Les tronçonneuses aussi avaient une langue à elles, en un mois il avait appris à la connaître : la voix de la Stihl, de la Husqvarna, l'entaille d'un côté du tronc et le trait d'abattage de l'autre. Un moteur faisait un bruit plus sec, comme si le mélange avait raté. Une tronçonneuse s'arrêta, remplacée par des coups de cognée sur le coin planté dans le tronc pour éviter que la lame dérape. Puis il y eut le cri : *Gare dessous !* et Fausto se figea.

Il entendit le craquement de la fracture, un bruit glaçant qui incitait à se mettre à l'abri, puis le bruit sourd de la chute. Chute ralentie par la frondaison déjà foisonnante de juin. Il vit alors où l'arbre était tombé, non loin de lui : entre les branches de ceux restés debout un pan de ciel s'était ouvert qui n'était pas là avant, et le soleil illuminait le sous-bois.

Il rejoignit le container qui faisait office de cuisine et sortit le pain du jour et les courses de son sac. Entre quatre pierres noires de suie, il fit un tas avec les petites branches de mélèze qu'il avait ramassées en chemin. Il arracha une feuille de journal, la roula en boule et y mit le feu avec son briquet, il la glissa sous le petit bois et souffla dessus jusqu'à ce que la flamme soit bien vivace. Quand elle était sèche, la barbe de mousse qui poussait sur les arbres brûlait même mieux que le papier. L'odeur du feu de mélèze était ce que Fausto préférait : un parfum des étés de son enfance qui le transportait toujours à la maison.

Le chef* est arrivé, dit un bûcheron en humant l'air.

Ciao chef* ! cria un autre plus loin.

Fausto alla à l'arrivée d'eau et remplit au tuyau le grand faitout en cuivre qu'il posa sur les pierres. Dans le container, il se prépara un café sur le réchaud à gaz et, avant de se mettre au travail, en but une tasse devant le feu. Odeur de bois, feu, café, essence, gaz d'échappement des tronçonneuses, odeur du matin. Quel jour était-ce ? Un vendredi de fin juin, on commençait à être bien en bras de chemise. Il se demanda si Silvia avait froid au refuge et si elle parvenait à se laver les cheveux comme elle l'aimait. Qui sait si, là-haut, elle continuait de le faire tous les soirs, et quel moyen elle avait inventé pour se les sécher à trois mille cinq cents mètres d'altitude. Puis il se rendit compte qu'il y avait encore un an, il était à Milan en pleine fournaise, à se disputer avec Veronica, qui avait peut-être couché avec un autre ou peut-être pas, il ne l'avait jamais compris. Trempés de sueur ils se criaient dessus parce qu'il n'avait jamais voulu mettre de climatiseurs chez eux. Je déteste ça, moi, l'air conditionné ! disait-il. Tu parles, lui répondait-elle, dès qu'il fait chaud, tu disparais, dès qu'il y a un problème, tu t'en vas en montagne ! Ce que la vie des gens pouvait changer vite. Il finit son café et s'attela à l'épluchage des pommes de terre, émінça oignons et lard, coupa en tranches un morceau de veau que le boucher lui avait emballé le matin même.

Les bûcherons avaient les mêmes goûts que les travailleurs des remontées mécaniques, c'était toujours pâtes, viande, pommes de terre, mais Fausto tenait à apporter sa touche personnelle, et à se faire apprécier de l'équipe. Ce jour-là, c'était *Patates à la Mario*, un plat inspiré d'une nouvelle de Rigoni Stern : il les mit à bouillir dans le faitout jusqu'à ce qu'elles se défassent presque, fit revenir quatre oignons dans un lac de beurre, puis y ajouta les pommes de terre. Sur le réchaud, il fit griller les steaks avec du romarin. La marmite lui servit à nouveau pour faire cuire deux kilos de spaghettis, qu'il jeta dans l'eau bouillante à midi moins le quart. Il y avait un signal aussi pour le repas, c'étaient les Bergamasques, à cheval sur la ponctualité, qui le lui avaient appris. *Elle est dure !* cria-t-il à midi, en parlant de la polenta, même si aujourd'hui, c'était spaghettis à la carbonara, puis il égoutta les pâtes et les mélangea au lard qui rissolait. Les tronçonneuses se turent une à une, comme alertées par le fumet.

Ils déjeunèrent à l'intérieur du container même s'il faisait soleil. Ceux qui travaillaient dehors huit heures d'affilée n'avaient rien contre s'enfermer pour manger et mettre les pieds sous une table. Ce jour-là, ils eurent la visite de Santorso, qui s'était fait récemment enlever les plâtres. Hormis les cicatrices que le chirurgien avait laissées, ses mains avaient l'air normales tant qu'il ne les utilisait pas, mais dès qu'il les utilisait, on voyait le peu dont elles étaient capables. Au milieu des bûcherons il se sentait compris. En servant les steaks et les pommes de terre, Fausto les entendit discuter d'accidents du travail. Ils racontaient les arbres capricieux qui tombaient du mauvais côté, ou qui en tombant tournaient comme une toupie ou rebondissaient par terre de façon inopinée et brisaient des têtes et des dos. Sans oublier les bûcherons distraits qui s'étaient ouvert le front ou une jambe par excès de désinvolture, et pour ceux-là, d'ailleurs, la journée était finie. Fausto apporta le café et posa sur la table la bouteille de sambuca dont certains ajoutèrent quelques gouttes, pour l'arroser. Santorso s'en versa laborieusement une pleine tasse, puis, alors que les autres se levaient, le cure-dents aux lèvres, et se remettaient mollement en route, il sortit s'asseoir devant le feu qui dépérissait.

Il n'avait pas l'habitude de regarder les autres travailler. Les bûcherons rassemblèrent les branches, dégrossirent les troncs pour pouvoir les déplacer avec le tracteur. Fausto jeta les assiettes en carton et les serviettes au feu, transvasa dans les casseroles l'eau chaude qui avait servi à la cuisson des pâtes avec un peu de produit vaisselle, retroussa ses manches et commença à frotter.

Santorso ramassa une poignée des copeaux qui jonchaient le sol tout autour. Il mit sa main rigide sous son nez, et dit : Il y a une tronçonneuse qui a perdu de son tranchant.

Ah bon ?

Ça se voit aux copeaux, plus ils sont fins et plus la chaîne est émoussée.

Je vois.

Tu sais quelle odeur c'est, ça, Faus ?

Pour Faus, c'était une odeur de résine, de bois frais, quelque chose d'enivrant que dégageaient les souches des mélèzes, les troncs entassés les uns sur les autres et ce tapis de copeaux qui recouvrait le terrain. Le soir il s'en défaisait en enlevant ses vêtements, le matin il la retrouvait en remettant sa chemise de la veille. Mais il était curieux de savoir quelle odeur c'était pour lui et dit : Non, quelle odeur c'est ?

C'est l'odeur de la coupe du bois.

C'est bon, hein ?

Tu parles que c'est bon. Tu sais depuis combien de temps je ne l'avais pas sentie ? Au moins quarante ans.

L'année où je suis né.

Si ça se trouve, c'est peut-être la dernière fois que je la sens.

Dis pas n'importe quoi, t'es plus en forme que moi.

Les éleveurs qui montaient aux alpages passaient sur les routes forestières, et l'un d'eux s'arrêta avec tracteur et remorque. Il demanda s'il pouvait charger un peu de branchages pour ce soir. Fausto se rappela alors la date du jour : le 29 juin, la fête des saints Pierre et Paul. D'autres vallées allumaient leurs feux à la Saint-Jean, mais ça restait les feux du solstice, ils remontaient à bien plus loin que l'existence des saints.

Je ne sais pas, répondit-il, il faut que je demande.

Mais bien sûr que tu peux, dit Santorso. Prends, prends ! C'est du bois qui va pourrir sur place, tu leur rends même service en l'emportant.

L'éleveur en remplit sa remorque, puis il repartit, chargé et cahotant, en direction de son étable.

21

Les brasiers

Il était dix heures passées, ce soir-là, quand le long crépuscule de juin s'éteignit enfin. Alors, les tas de bois dans les alpages, les amas de branches, cagettes, palettes, sacs de jute et vieux pneus furent arrosés d'essence et livrés aux flammes. Santorso les vit s'allumer un à un, légèrement au-dessus des deux mille mètres : sur les versants obscurs des montagnes, les brasiers brillaient et rivalisaient entre eux de hauteur et de luminosité. Il en compta cinq, six, sept. Ils faiblissaient puis se rallumaient d'une bourrasque. Même quelqu'un de sa trempe ne pouvait rester insensible à une telle vision. Les feux disaient que là-haut en montagne, il y avait encore quelqu'un, que cette vie existait, au cas où ceux de la plaine l'auraient oublié.

Il partait marcher le soir, ce qui lui laissait moins de temps pour boire. Ces mains n'étaient pas très opérationnelles, mais ses jambes ne valaient guère mieux, après des mois de convalescence. Il était forcé d'avancer lentement, en choisissant les sentiers qui montaient le plus en douceur, attentif aux battements de son cœur, contre lequel ils l'avaient mis en garde. En rentrant de l'hôpital avec Fausto, il avait senti le changement d'altitude pour la première fois de sa vie : le cœur qui battait la chamade et le souffle court, même s'il ne l'avouerait jamais à personne. La seule à laquelle il aurait pu en parler avait quitté Fontana Fredda sans même lui laisser une adresse.

Le ciel était noir désormais, il avait perdu jusqu'à sa dernière lueur estivale. Des feux au loin ne restaient plus que les braises. Les étoiles éclairaient quand même un peu et il n'avait jamais aimé prendre de lampe torche, ça servait plus à être vu qu'à voir le monde. Alors que les yeux, ils s'accommodaient, saisissaient de nouveaux reflets et contours quand on leur en laissait le temps : c'est ainsi qu'il vit ce soir-là la carcasse d'un chamois au bord du torrent. L'hiver, beaucoup d'avalanches convergeaient à cet endroit, les pentes gardaient d'ailleurs la trace de leur passage, et à première vue, Santorso pensa à un de ces animaux qui s'était laissé surprendre et emporter, ils se conservaient sous la neige puis refaisaient surface au printemps, où ils servaient de pâture au renard ou au corbeau. Il s'approcha pour mieux voir et estima à ses cornes qu'il devait avoir une dizaine d'années, c'est vieux sur une zone de chasse. Puis il constata qu'il avait bien été éventré, mais de frais, et que son intestin était encore là, à quelques mètres du corps. Ce chamois pouvait avoir été tué le jour même. Son chasseur lui avait arraché l'intestin, qui lui répugnait, et l'avait mis de côté avant de revenir manger cœur, foie et poumons. Il s'était arrêté en plein repas, peut-être avait-il été dérangé par l'arrivée de quelqu'un, peut-être même lui ? Santorso regarda les alentours. Dans le noir, il ne vit rien que des roches et les reflets du torrent.

Alors comme ça te voilà, pensa-t-il. Eh bien, bienvenue. Il y a ceux qui partent et ceux qui reviennent, n'est-ce pas ? Il y a ceux qui crèvent, ceux qui baisent et ceux qui vont à la chasse. Le monde appartient à ceux qui s'en emparent.

Il ne resterait plus rien de la carcasse du chamois le lendemain, et il se dit que, tant qu'à faire, il pouvait bien prendre quelque chose lui aussi. Ces beaux crochets noirs, peut-être. Avant l'accident il n'aurait eu qu'à serrer, tordre et tirer fort : la gaine creuse en corne se serait détachée de sa base en os, seuls les tissus la retenaient. Sa main était à peine capable de refermer les doigts sur la corne. Il bloqua la tête du chamois de la main gauche, tenta de tirer avec la droite, et il sentit ses doigts glisser.

22

La noctambule

Cette nuit-là le réveil de Silvia sonna à trois heures. Elle ne dormait pas vraiment et l'éteignit avant qu'il ne dérange la fille de Dufour, avec qui elle partageait la chambre. Elle prit sa lampe frontale et sa brosse à dents dans le tiroir de la table de nuit, enfila un pantalon, une veste et sortit. Ce fut un choc de passer de la tiédeur de la couette au froid des trois mille cinq cents mètres, quelques degrés en dessous de zéro, le vent qui à cette altitude soufflait sans discontinuer. Dans le bloc sanitaire elle fut saisie par l'odeur pénétrante de latrines, ammoniac, déodorant industriel, mais là au moins le vent se calmait, il faisait seulement vibrer la tôle, et elle le sentit remonter par le trou des toilettes à la turque quand elle baissa son pantalon et s'accroupit. La chasse d'eau se résumait à un tuyau sur le glacier, et le froid qui rappliquait obligeait à tout faire à la va-vite. Elle se lava les dents à l'eau glacée, se débarbouilla le visage et les oreilles, enleva sa frontale et la retourna sur elle pour vérifier son reflet dans le miroir. Regarde-moi ces cernes que t'as, pensa-t-elle. Tu te rends compte de l'heure qu'il est ? En un mois elle avait pris dix ans, à cause de l'altitude, du sommeil perturbé, du vent et du soleil impitoyable.

Quand elle sortit des toilettes, le glacier était fluorescent. Il captait la lueur du ciel étoilé et la renvoyait dans la nuit. Seule devant cette vision, Silvia se sentait en présence d'un corps céleste, une planète continuellement travaillée par le vent. Aucun autre bruit n'en émanait, c'était un désert blanc, immobile et absolu. Se tournant du côté de la vallée, elle vit les lumières des villages deux mille mètres plus bas. La voilà, sa vieille planète bleue. Elle en expérimentait une forme aiguë de nostalgie. Elle était si proche qu'elle pouvait distinguer les lampadaires, les rares voitures sur les routes, les distributeurs d'essence. Elle pensa qu'à peine plus tôt, les jeunes en bas buvaient une bière sur la place, fumant et bavardant, avec la musique qui sortait des bars. Sur la vieille planète bleue, dans le grand bordel que c'était, l'été avait à peine commencé. Elle sentit de nouveau le froid et rentra.

Dans la cuisine, elle mit la grosse casserole sur le feu, s'assit à côté de la petite gazinière pour se réchauffer et put enlever son coupe-vent. Elle mangea deux trois biscuits le temps que l'eau bouille. Elle s'était acheté le livre de Fausto, en plaine : elle lit une nouvelle dans laquelle un homme et une femme, à un mariage, décidaient de se quitter. Elle la trouvait bonne bien qu'un peu maniérée, l'imitation des écrivains qu'il lisait forcément à l'époque. Par endroits, on sentait qu'une voix cherchait à émerger : commentaires sans appel, petites vérités sur l'amour, et elle imagina un Fausto plus bravache qu'aujourd'hui, moins ironique et pétri de doutes. Dans la nouvelle, il y avait des bières, des autoroutes, des stations-service, des cigarettes, et aucune montagne. C'était étrange d'imaginer qu'il y avait eu une période dans la vie de Fausto où la montagne était absente.

Vers quatre heures, elle vida une pleine boîte de sachets de thé dans l'eau, ajouta un demi-kilo de sucre et remplit les thermos à l'aide d'une louche et d'un entonnoir. Quelqu'un mit en route le générateur et les lumières de la cuisine s'éclairèrent. Pasang entra, ensommeillé et transi de froid.

Tu travaillais dans le noir ?

Oui, c'est plus apaisant.

Il y a un peu de thé ?

Bien sûr. Avec beaucoup de sucre, comme tu l'aimes.

Le sucre, il n'y en a jamais trop.

Tu l'as dit.

À l'étage les réveils commencèrent à sonner, le plancher à grincer. Les premiers debout furent ceux qui s'apprêtaient à traverser les Lyskamm, les yeux bouffis d'avoir passé des heures à se retourner dans leurs lits. Seuls les guides parvenaient à dormir avant le *mangeur d'hommes*. Ils prirent le petit-déjeuner, échangèrent quelques mots en allemand, en polonais, en flamand, glissèrent les thermos dans leurs sacs à dos. Ils s'équipèrent pour l'ascension dans le petit hall d'entrée, puis sortirent sur la terrasse mettre leurs crampons et se harnacher. Ils se lancèrent sur le glacier par cordées de deux ou trois, files de points lumineux qui s'éloignaient dans le noir.

À ce moment-là tout le monde se levait. Les alpinistes qui traversaient le Nez, puis ceux qui visaient le Castor, et en dernier les rares qui n'allaient nulle part et auraient préféré rester dormir un peu mais que le branle-bas de combat avait réveillés. La fille de Dufour descendit elle aussi : elle s'appelait Arianna, elle avait trente ans et passait ses étés là-haut depuis qu'elle était petite, le refuge était pour elle comme un restaurant de famille. Mais elle avait aussi étudié, voyagé en Inde et au Népal, l'hiver elle enseignait le yoga, et elle avait tout de suite pris Silvia sous son aile.

Comment va ta migraine ?

Un peu mieux.

Je bois un café et après je te file un coup de main.

Prends ton temps.

T'es allée voir les toilettes ? Comment c'est ?

Affreux, la nuit a été tourmentée.

Quand Arianna la remplaça, elle put sortir prendre l'air. Dehors il faisait jour à présent, mais les sommets orientaux du mont Rose cachaient le lever du soleil, et le glacier, encore plongé dans la pénombre, était du même bleu minéral que le ciel. Ce n'est qu'en haut, vers quatre mille mètres, que l'aube l'illuminait : elle vit les premières cordées là-bas, sur le col du Félik, au soleil. Sur la terrasse criblée par des générations de crampons se posaient des moineaux de haute montagne, qui étaient les derniers êtres vivants à la limite du glacier, avec les chocards. Les plumes gonflées pour contrer le froid, l'air effrayé, ils becquetaient les miettes sur les planches de bois, poussés jusqu'à ces hauteurs par un instinct mystérieux.

Pasang sortit des latrines avec le seau et la serpillière. Une des nombreuses besognes qu'ils faisaient à tour de rôle, mais Silvia remerciait chaque fois que ce n'était pas son tour. Mais lui semblait toujours de bonne humeur.

Pasang, je peux te poser une question ?

Bien sûr.

Toi qui y es allé si souvent, t'as compris pourquoi ils montent ? Qu'est-ce qu'il y a là-haut ?

Du vent.

Du vent ?

Et de la neige.

Mais encore ?

Peut-être bien aussi du soleil. S'il n'y a pas de nuages !

Le Sherpa éclata de rire. Il avait escaladé deux fois l'Everest, mais c'était impossible de lui soutirer une once de philosophie. Quand on parlait avec lui, tout semblait simplement être au monde : seau, serpillière, vent, soleil, neige.

Il était sept heures quand les derniers alpinistes débarrassèrent le plancher. Ils avaient enfin du temps pour souffler un peu, et Arianna l'appela pour le petit-déjeuner. Elle avait allumé la radio et préparé une table pour deux : une tasse de café au lait, une tranche de gâteau, un peu de musique, cette jeune femme attentionnée, et même la base arctique pouvait ressembler à un lieu accueillant, presque familier.

Quatre-vingt-neuf, ce matin, dit Arianna. Ils mangent, ils chient et ils repartent.

Eh bien.

Dis la vérité, tu t'attendais pas à ça.

Non, mais je suis contente d'être ici.

Vraiment ?

Oui, je te jure. Et je suis même un peu fière de moi, tu le crois ça ? Parfois, je me dis : Ah si ma mère me voyait.

Elle est comment ta mère ?

Était. Elle est morte.

Oh je suis désolée.

T'inquiète. C'était quelqu'un de joyeux. Elle est morte il y a deux ans.

Elle était malade ?

Depuis longtemps, oui.

Elle faisait quoi avant ?

Elle enseignait. L'italien au collège. Les gamins du quartier se souviennent tous d'elle. Et même ceux qui ont fait un peu plus de chemin, heureusement.

Et toi ?

Moi j'étais jalouse, je faisais tout un cirque pour qu'elle me remarque.

Qui sait pourquoi elle se mettait à raconter cette histoire, à une femme qu'elle connaissait à peine, à sept heures du matin dans un refuge sur le mont Rose. L'altitude, probablement. Dehors la lumière changeait de couleur pendant que les premières cordées attaquaient les pentes terminales des Quatre mille.

23

Un marécage

Puis le soleil surgissait de derrière la pointe Parrot et la pyramide Vincent, pendant les longues heures d'été il cognait sur le glacier et la couche de neige qui le recouvrait s'amenuisait de jour en jour, laissant voir crevasses, séracs et bancs de glace grisâtre qui, l'après-midi, se voilait d'eau. Il n'était plus qu'un vieux glacier battant en retraite, pourtant dans sa belle jeunesse il en avait occupé, du terrain. Il avait fait peur, on ne le prenait pas en pitié comme maintenant : passages de montagne abandonnés car devenus infranchissables, vallées restées dans les légendes comme autant de paradis perdus. Quant aux hommes qui s'y aventuraient, nul ne savait combien de leurs cadavres il renfermait encore. On disait que le glacier mettait soixante-dix ans à rendre ceux qu'il avait fait prisonniers : lorsqu'ils disparaissaient, ils étaient jeunes et vaillants, ils dévissaient dans l'ascension de quelque sommet, et une fois leurs enfants devenus vieux, une chaussure défoncée, un piolet en bois et d'autres pièces de musée refaisaient surface, plus bas, là où le glacier les avait emportés. Le mont Rose était constellé des croix et plaques en la mémoire de ces disparus, avec leurs noms, les dates et parfois même leurs portraits. Dans ce cimetière de haute montagne, un prêtre montait tous les étés donner une messe, il bénissait les refuges, leurs gardiens et les alpinistes qui montaient, et disait une prière en souvenir de ceux qui n'étaient plus redescendus.

Un jour de juillet Fausto aussi trouva son sanctuaire. Il arriva dans une cuvette à trois mille mètres où les premiers petits ruisseaux de la fonte convergeaient pour former une mare, entre des bosses de granit polies par le glissement du glacier, qui s'était retiré plus en hauteur, derrière une bande rocheuse striée de minuscules cascades. Dans la cuvette, quelques blocs erratiques qui avaient été charriés en aval ou qu'un effondrement avait faits rouler jusque-là étaient plantés dans le sol dans des positions étranges.

Cet endroit n'était ni sur les cartes topographiques ni dans les souvenirs de Fausto. Trente ans plus tôt, le glacier était partout, et son père l'amenait le voir. On devinait que son retrait était récent car les blocs n'avaient pas encore été colonisés par les mousses et les lichens, et le sable ne s'était pas transformé en terrain fertile, seules quelques plantes pionnières commençaient à sourdre. Fausto se rendit compte qu'il était en train d'observer un coin de Terre qui venait de voir le jour, n'avait pas même été nommé par l'homme ni consigné dans ses cartes.

À peine plus haut il y avait toujours le vieux refuge bivouac, la cabane en tôle jaune où il monta poser son sac. Il n'y trouva personne. Dans le cahier que compilaient les visiteurs, le dernier passage remontait à trois jours. Des gens qui avaient écrit: Heureusement qu'il existe des coins oubliés! Tout l'espace était occupé par les six lits accrochés aux murs et une petite table au centre, plus une minuscule étagère où il était d'usage de laisser quelque chose au prochain visiteur. Mais il avait tout le temps pour penser au repas du soir. Il changea de tee-shirt et étendit dehors celui qui était trempé de sueur, sur la tôle tiédie par le soleil, en le coinçant sous une pierre pour éviter que le vent l'emporte. Puis il ferma la petite porte du bivouac derrière lui et retourna en bas voir la cuvette.

En marchant autour de la mare, il vit des papillons dont il ignorait le nom. Les grenouilles avaient déposé dans la boue des amas d'œufs gélatineux. Il vit les pinsons des neiges se poser pour boire et repensa au souvenir qu'il gardait de cet endroit:

le front du glacier et le torrent qui jaillissait de sa bouche avec force, la couleur métallique de l'eau de fonte. Un jour, avec son père, ils en avaient calculé la portée et combien de glace fondait par minute, par heure, par jour, un volume qui, à la fin, avait paru invraisemblable à Fausto : comment le glacier pouvait-il fondre à un tel rythme tout en restant toujours le même ? À l'époque, il croyait que le glacier était éternel et immuable, un pan de la montagne qu'il aurait toujours retrouvé là, entre la roche et le ciel. Son père en revanche avait compris ce qui était en train de se passer : si une chose disparaît, une autrc prendra sa place, lui dit-il. C'est ainsi que va le monde, tu sais ? C'est nous qui avons toujours la nostalgie de ce qu'il y avait avant.

Tu ne crois pas si bien dire, papa, pensa Fausto, et il profita de l'endroit et des dernières heures de soleil pour penser à lui.

24

Deux cœurs et une cabane

C'est ainsi que Silvia le vit débarquer au refuge couvert de poussière et de sueur, son sac de couchage roulé par-dessus son sac à dos et sa chemise à carreaux verte, rajeuni et plus beau que dans ses souvenirs. En hiver, elle ne s'était jamais dit qu'il était beau, peut-être l'avait-elle trouvé tourmenté à l'image des hommes qui lui plaisaient. Mais là, il était beau : à cause de l'été, des deux jours de marche et de la nuit en bivouac, et parce qu'il avait réussi dans sa modeste entreprise qui était de partir de Fontana Fredda et de la rejoindre au Sella à pied. Elle l'embrassa instinctivement, dehors, à la vue des alpinistes qui se changeaient après leurs Quatre mille. C'était l'heure du repas, elle n'avait pas le temps pour les convenances, mais elle l'embrassa une bonne minute, avec les dents, la langue, les mains et tout le reste. Les alpinistes applaudirent.

Ça pour un baiser, c'est un baiser, dit-il.

Où tu étais passé ? dit-elle.

Je travaille dans les bois.

Ah bon ? Tu me raconteras ça tout à l'heure. Tu as faim ?

Une faim de loup.

Entre !

À midi, le refuge était un chassé-croisé de gens qui partaient et qui rentraient. Fausto reconnut le salon, les photos d'époque aux murs, l'odeur de cuisine et de transpiration et de vieilles boiseries. Quelque chose d'autre avait changé depuis son enfance. Avant, il ne voyait que des hommes d'âge mûr, parlant italien ou français ou allemand, et tous les panneaux étaient traduits dans les trois langues du mont Rose. Désormais le refuge était rempli de jeunes gens, la même humanité qu'on aurait pu trouver dans les grandes métropoles du monde, et les panneaux étaient tout simplement passés à l'anglais.

Silvia l'installa à une table à côté de la fenêtre, lui apporta une assiette de tagliatelles à la fondue ainsi qu'un demi-litre de vin.

J'ai pas mal de boulot, là, dit-elle, mais dans une heure je te rejoins.

Parfait. Le *chef**, il est comment ?

Il est népalais. C'est le roi des pâtes maison.

T'es belle, tu sais ?

N'importe quoi. J'ai les cheveux dégueulasses.

Fausto mangea en observant les gens attablés et, de la fenêtre, les cordées qui rentraient du glacier. Les alpinistes étaient à moitié détachés, boitillants, exultants, il y avait les exhibitionnistes et ceux accablés de fatigue. Un type vomissait derrière les latrines. Un vieux guide alpin portant un gros pull rouge avec l'insigne redescendait suivi de trois gamins qui se lançaient des boules de neige. Tiens, tu vois : les gamins sont encore là. Il vida un verre de vin qui, à trois mille cinq cents mètres, en valait deux, c'était un barbera mais il lui fit l'effet d'un porto. Il vit Silvia qui servait une table à l'autre bout du salon, retournait en cuisine, parlait avec sa collègue, et cette autre femme le regarda et sourit. Il devina la teneur de la conversation. Il lui rendit son sourire et fit mine d'enlever son chapeau par galanterie. Même Dufour, le fameux guide, le reconnut en passant devant lui avec trois assiettes de pâtes sur les bras.

Oh, dit-il, t'es arrivé.

Oui, à pied en partant de chez moi.

Et c'est où chez toi ?

Fontana Fredda.

Quand même ! T'en avais du carburant.

J'ai fini mes réserves juste en bas, j'ai eu un peu de peine.

Alors mange, mange. Si t'en reveux, il y en a encore.

Fausto essuya les restes de fromage fondu avec son pain et se versa le dernier verre de vin, puis il s'adossa contre le mur et se détendit. À travers les fenêtres il voyait les nuages de l'après-midi s'amasser. Le vin, la tiédeur du refuge, le brouillard qui montait, les jambes lasses : il était à deux doigts de s'assoupir sur sa chaise. Il ferma les yeux et se sentit exactement comme autrefois. Mais c'était mieux qu'autrefois, parce qu'il y avait les souvenirs en plus. C'est comme ça que doit être un refuge, pensa-t-il. Il a plus de valeur s'il conserve quelque chose de toi.

Silvia l'arracha à sa torpeur en l'attrapant par une main. Elle avait fini son quart et le conduisit dans sa chambre, ferma la porte à clé, le déshabilla. Les amants de Fontana Fredda purent ainsi reprendre là où ils en étaient restés à la fin de l'hiver. Elle le trouva amaigri et plus musclé, à moitié bronzé et parfumé de résine. Il la trouva fatiguée et s'en émut. Il se crut le devoir de prendre soin de ce corps qui avait été mis à rude épreuve, dernièrement. Silvia se laissa caresser.

Plus tard elle dit : Je ne sais pas comment je vais. C'est un endroit d'une beauté absolue. Mais c'est tellement dur.

Je veux bien te croire.

Quand je descends au funiculaire chercher le pain, je m'arrête toujours pour regarder les fleurs en bas. Tu sais, les petites qui poussent sur la mousse, tu les as vues sur la crête ?

Bien sûr que je les ai vues.

Mais comment elles font pour pousser à trois mille cinq cents mètres ? Et quand je regarde la vallée, elle me paraît si verte, si vivante. Quelle bonne odeur de bois tu as.

Elle lui renifla le cou et la barbe, et pendant qu'clle le reniflait Fausto ferma les yeux. L'oreiller sur lequel il avait posé sa tête lui parut moelleux comme jamais. Il dit : Tu sais, cette semaine j'ai abattu mon premier arbre.

Ah bon ?

Les bûcherons se sont pris de sympathie pour moi. Ils m'ont donné la tronçonneuse la plus belle et la plante la plus chétive, un pauvre arbrisseau tout tordu, en me disant, vas-y, *chef**, essaye !

T'y es arrivé ?

Oui, ça n'est pas difficile.

Et ça t'a plu dc l'abattre ?

Pas du tout. Je crois que je suis trop sensible pour devenir un montagnard.

Pourquoi, tu voulais devenir un montagnard ?

Moi oui. Pas toi ?

Silvia glissa une jambe entre les siennes et l'attira contre elle. Elle s'agrippa et s'emmêla à Fausto avec l'autorité qui était la sienne, comme s'il était une couverture qu'elle rabattait sur elle. Il avait si sommeil qu'il ne montra aucune résistance.

Elle dit : Désolée, j'ai besoin de chaleur humaine.

Je t'en prie.

Je suis trop frileuse pour faire l'exploratrice polaire.

Ça va mieux comme ça ?

Un peu. Tu dors ?

Non, non.

En réalité si, Fausto avait fini par s'endormir. Elle aurait aimé bavarder encore mais il ronflait si calmement qu'au fond, quelle importance ça avait ? Elle posa son front contre sa tempe et ferma les yeux. Elle aussi était toujours fatiguée. Ils dormirent deux heures de suite pendant que dehors le brouillard montait, elle avec ses cheveux dégueulasses et lui qui embaumait la sueur, la sciure et le vin.

25

Un sauvetage

Pendant qu'à l'étage les amants dormaient, un jeune homme et une jeune fille se présentèrent au comptoir et demandèrent à parler au responsable. Dufour était en train de contrôler les batteries de l'installation électrique car les panneaux solaires ne prendraient plus de soleil de la journée, et bientôt il faudrait brancher le générateur à essence. Il laissa tout en plan et écouta ces deux qui descendaient tout droit du Castor : ils lui racontèrent qu'au sommet ils avaient rencontré un homme tout seul. Il avait un certain âge, une soixantaine d'années peut-être, et il leur avait dit qu'il refaisait cette voie chaque été, il la connaissait par cœur. Pour eux, c'était la première fois, ils venaient de se marier et passaient leur lune de miel dans les refuges. Au sommet du Castor, ils avaient un peu plaisanté sur le mariage, l'homme avait dit qu'il enviait le jeune marié parce qu'il y avait longtemps que, lui, sa femme ne l'accompagnait plus en montagne, et il avait complimenté la fille pour les jambes avec lesquelles il l'avait vue grimper. Il était reparti peu après. Il avait dit : On se recroisera de toute façon, vous me prendrez dans la descente. Les deux s'étaient attardés en haut encore un quart d'heure, ils avaient mangé un morceau, s'étaient pris en photo au sommet, puis avaient levé le camp en voyant le brouillard monter. En vérité, le brouillard était monté à toute vitesse, et les enveloppait déjà sur la crête. Le fait est que la trace était une autoroute et ils étaient redescendus d'un bon pas, mais l'autre marcheur, ils ne l'avaient plus recroisé. Ils s'attendaient à le voir au refuge, or il n'y était pas. Il est peut-être déjà reparti, dit le jeune homme. Et la jeune fille : Il vaut mieux le signaler, c'est comme ça qu'on fait, non ?

Oui, c'est comme ça qu'on fait, dit Dufour. Il s'essuya les mains à un torchon et pensa : Nous y revoilà.

Il alla vérifier le registre des nuitées de la veille, les réservations pour une personne étaient au nombre de deux seulement. Le premier était un Néerlandais et l'autre un Italien qu'il appela, mais son téléphone était éteint. Il pouvait y avoir plusieurs raisons à cela, en théorie : en réalité, jamais personne ne s'était enfui en Suisse avec sa maîtresse en jetant son portable dans une crevasse. Il passa d'autres coups de fil, les jeunes mariés restaient là à écouter et il n'eut pas le cœur de les renvoyer : il appela la station d'arrivée des remontées, il appela le refuge le plus proche au cas où, dans le brouillard, le type serait descendu par le mauvais versant, et il appela aussi l'hélicoptère, pour qu'il soit prêt à décoller à la première éclaircie. Mais il savait déjà que, des éclaircies, il n'y en aurait pas avant le lendemain. Enfin, il jeta un œil dans la salle. Parmi les personnes attablées, il y avait un jeune guide alpin, c'était un gars alerte, efficace, il le convoqua dans la cuisine avec le couple et Pasang, qui récurait les casseroles. Il répéta ce qu'il venait d'entendre et demanda aux deux : Il était habillé comment ?

Je ne sais plus, dit le jeune homme.

Il a un coupe-vent jaune, dit la fille. Les cheveux et la barbe blanche. Un bonnet bleu.

Essayez de monter, dit Dufour. L'hélicoptère est bloqué au sol pour le moment, mais le ciel finira peut-être pas se dégager bientôt.

Pasang et le guide partirent comme des éclairs dans la neige molle de l'après-midi. Dufour les regarda disparaître dans la purée de pois à vingt mètres du refuge. Il resta dans la cuisine, la seule pièce au calme et à l'écart, devant cette fenêtre qui donnait sur le glacier et le brouillard. Il ne restait plus qu'à attendre.

Asseyez-vous, dit-il au couple. Prenez du thé.

Je parie qu'il est déjà descendu, dit le jeune homme.

Peut-être. Il faut espérer.

On ne devrait pas appeler le Secours alpin ?

Si. C'est moi le Secours alpin.

Le jeune homme eut honte, s'assit et ne parla plus. La fille prit deux tasses et les remplit avec la louche qui trempait dans la grosse casserole de thé.

Tandis qu'il attendait, Dufour pensa : Comment peut-on, à soixante ans, s'aventurer seul sur cette crête ? Qui c'était ? Comment se fait-il que je ne me souvienne jamais de personne ?

Alors comme ça, vous passez votre lune de miel dans les refuges, dit-il.

C'était un projet qu'on avait depuis longtemps, dit la fille.

Vous êtes allés où ?

Au Grand Paradis et puis ici. La semaine prochaine on va dans les Dolomites.

Vous faites bien. Un peu de soleil. Les glaciers, ça va un moment, hein ?

Il rappela deux fois le numéro qui ne répondait pas. Relut le bulletin météo suisse qui indiquait ciel couvert et basses pressions jusqu'au soir. Dans le salon, les gens commençaient à arriver et il pensa qu'il allait devoir réorganiser les équipes. Ils avaient prévu quoi au menu de ce soir ?

Trois quarts d'heure s'étaient écoulés quand Pasang lança un appel radio. Il dit : Patron, il y a une trace qui descend.

Vous êtes où ?

Au milieu de la crête. Tu sais où elle part ?

Oui, c'était toujours au même endroit. Pasang et le guide avaient mis quarante-cinq minutes pour faire ce qu'un alpiniste chevronné faisait en deux fois plus de temps.

De quel côté descend la trace, vers nous ou vers la Suisse ?

Vers nous.

T'arrives à voir jusqu'où elle va ?

Je ne vois rien.

Dufour parlait à la radio en regardant par la fenêtre. Lui non plus ne voyait rien. La voix de Pasang lui parvenait du fond de ce brouillard épais.

On va essayer de descendre, patron.

Vous avez des broches à glace ?

Oui, oui.

Soyez prudents, hein !

En réalité, il n'avait pas besoin de lui dire quoi faire : ce Sherpa était le meilleur guide qu'il ait jamais connu. Il était précis, rapide. Il restait calme en toutes circonstances. Et il était fort comme un mulet. Quand il avait fait sa connaissance au Népal, il portait des charges de quatre-vingts kilos sur le dos, dans les séracs de l'Everest il trouvait la route d'instinct. Dufour s'était dit : celui-là, je le ramène au refuge, il vaut de l'or.

Une trace ? dit la jeune fille. Comment se fait-il qu'on ne l'ait pas vue ?

Moi j'essayais surtout de ne pas me perdre, dit le jeune homme.

C'est normal, dit Dufour. Vous avez fait ce qu'il fallait.

Pasang dit : Je suis arrivé jusqu'aux roches, patron.

Il y a encore la trace ?

Elle s'arrête là. À mon avis il a dévissé.

T'arrives à descendre ?

Je vais essayer.

Ce versant n'était pas si dangereux, Dufour le parcourait de mémoire en cherchant un endroit où, avec un peu de chance, l'homme aurait pu être arrêté, avec quelques os cassés, mais vivant. Il n'empêche, il n'en fallait pas beaucoup. Il suffisait de mal tomber, et adieu.

Puis Pasang dit : Je l'ai trouvé, patron. Il est mort.

T'es où ?

En bas des rochers.

La jeune fille éclata en sanglots. Le jeune homme pâlit. Dufour dit : Comment tu sais qu'il est mort ?

Ça se voit.

Il est loin de toi ?

Non. Je suis juste au-dessus de lui.

T'arrives à l'atteindre ?

Je pense, oui.

Il attendit avec la radio dans la main, les pleurs de la jeune fille dans ses oreilles. Il avait eu tort de ne pas les renvoyer. Lune de miel gâchée. Jusqu'à ce que la voix de Pasang dise : J'y suis, patron. Il s'est ouvert le crâne contre les rochers.

Des morts en montagne, Pasang en avait vu beaucoup, cela ne l'impressionnait plus. Dufour aussi se les rappelait, les morts de l'Himalaya, à l'époque de la ruée sur les Huit mille : ils étaient tombés ou s'étaient arrêtés, à bout de forces, le gel les conservait et personne ne les redescendait. À quoi bon risquer sa vie pour ramener un cadavre ? Il se rappela un Japonais assis sur un bloc, sur la voie qui montait au Kangch. Le vent le protégeait de la neige. Il n'avait qu'un voile de givre sur le visage et était assis là depuis un an ou deux.

Je le remonte, patron ?

De combien tu es descendu ?

Peut-être bien de deux cents mètres. Je devrais pouvoir y arriver s'il le faut.

Oui, il n'en doutait pas. Harnacher un cadavre et le tirer sur deux cents mètres de pente : Pasang en serait capable. Dufour pensa à cette femme, cette épouse qui n'allait plus en montagne avec son mari. Elle vaquait peut-être tranquillement à ses occupations chez elle, pour quelques minutes encore. Quel boulot de merde, pensa-t-il. Mais pourquoi ce glacier ne fondait-il pas une bonne fois pour toutes ? On n'en parlerait plus.

Il dit : Il a son sac à dos ?

Oui.

Regarde dans les poches. Tu vas peut-être trouver ses papiers.

Il y a son portefeuille. Son téléphone aussi, mais il est cassé.

Prends tout. Et rentre.

Je le laisse là ?

Oui, rentre. On le récupérera demain avec l'hélico.

D'accord.

Fais attention, hein.

La radio se tut et Dufour regarda sa montre. Il était quatre heures de l'après-midi. Il y avait maintenant d'autres choses à faire, en plus du repas à préparer. D'autres coups de téléphone.

Il dit : Allez vous reposer un peu. Vous comptiez descendre ? Vous pouvez rester dormir cette nuit si vous voulez.

Le jeune homme dit : Mais putain, il pouvait pas s'attacher à nous ? On pouvait pas le lui dire ?

Vous avez fait ce qu'il fallait, dit le guide.

La jeune fille pleurait.

26

Une lettre de Babette

C'était la première lettre que Fausto recevait à Fontana Fredda et il resta un instant à contempler son nom et l'adresse sur l'enveloppe blanche. Il sortit la lire dans le pré devant chez lui, un soir de fin juillet, en pleine saison des foins. C'était l'époque de l'année où ils faisaient les bottes, quand l'herbe avait été retournée et que le soleil de l'après-midi l'avait séchée pour de bon, et son parfum saturait l'air estival.

La lettre était écrite à la main, et elle disait :

Cher Fausto,

non, je n'ai pas prévu de rentrer pour le moment. Le fait est que je suis bien là où je suis. La mer est verte, et un cormoran noir a choisi de faire son nid sur le récif en bas de chez moi, depuis ce matin je l'observe. J'éprouve cette impression de second souffle que peut donner un paysage nouveau, et que je n'éprouvais plus depuis longtemps. Le paysage auquel tu t'es habituée procure une sensation différente, de familiarité, ou d'oppression parfois, mais en vérité tu ne le vois même plus, sauf quand tu rentres d'un long voyage ou à travers les yeux d'un nouveau venu. Et tu ne peux t'empêcher d'avoir un peu de regret en repensant à l'époque où toi aussi tu étais nouvelle, et nouveaux étaient les yeux avec lesquels tu regardais. Avec le temps, tout devient normal, les belles choses comme les plus laides, le mauvais goût des humains ne t'insupporte plus autant et l'élégance de la terre t'accompagne seulement.

Pourtant je reste persuadée que seul celui qui s'habitue est vraiment capable de voir, car son regard ne s'embarrasse plus de sentiment. Les sentiments sont des verres colorés, ils trompent l'œil. Tu connais ce dicton zen qui parle des montagnes ? Il dit : « Avant de m'initier au zen, les montagnes n'étaient pour moi que des montagnes, et les fleuves des fleuves. Quand j'ai commencé à pratiquer, les montagnes n'étaient plus des montagnes et les fleuves n'étaient plus des fleuves. Mais quand je suis arrivé à la connaissance, les montagnes sont redevenues des montagnes et les fleuves des fleuves. » Il me semble que nous sommes bien placés toi et moi pour comprendre cette fable, parce que ce lieu est chargé des significations que nous lui avons données. Les significations sont là, entre les champs, les bois et les cabanes en pierres. À l'époque où la montagne était pour moi synonyme de liberté, je voyais la liberté jusque dans les vaches au pré ! Mais la montagne ne signifie rien en soi, ce n'est qu'un tas de cailloux sur lequel l'eau coule et l'herbe pousse. Aujourd'hui elle est redevenue pour moi ce qu'elle est.

Il n'empêche, je suis heureuse de te savoir là-haut. Un jour quelqu'un m'a dit que Fontana Fredda était un village triste avant que je n'arrive. Ce n'était pas un endroit où on allait de gaieté de cœur, il renvoyait une image d'hostilité et d'abandon, et j'ai remis un peu de douceur en circulation. Ça faisait plaisir d'entendre ça, mais ça a fini par devenir une nouvelle cage. Qu'est-ce qu'on ferait sans toi ! ils me disaient. Comme si j'avais pour mission de prendre soin de Fontana Fredda. Je crois que ton arrivée a été un soulagement, parce que je l'ai vu, moi, que tu es tombé amoureux. Je reste attachée à Fontana Fredda et je sais que, quoi qu'il advienne, je laisse le village en de bonnes mains.

Tu as trouvé un nouveau travail ? Je suis désolée de t'avoir laissé en plan comme ça, mais il y a des décisions qui se prennent d'instinct. Tout de bon, mon cher Fausto : ne bois pas trop, ne culpabilise pas trop pour les branches mortes qui cassent dans la vie, ne laisse pas cette fille splendide filer. Tu es un cuisinier hors pair, je ne te l'ai jamais dit ? Le meilleur que j'ai jamais eu.

Paix&Amour.

Elisabetta/Babette

27

La cité perdue

Pour l'alcool et la culpabilité, il pouvait mieux faire, mais il retourna voir Silvia pendant l'été. Il était en forme, il parvenait à grimper en moins de deux heures et à dévaler en une, si bien qu'il lui arrivait de partir après le travail rien que pour être avec elle le soir, dormir à ses côtés puis regagner le bois le lendemain. Ce que l'idée lui plaisait ! Il allait rejoindre son amoureuse au pôle Nord. La guichetière du funiculaire s'habitua à le voir débarquer juste avant la fermeture, avec les alpinistes qui descendaient des cabines opposées quand lui montait. Puis la remontée s'immobilisait et, dans le silence de l'après-midi, Fausto se retrouvait seul avec son vieux sentier, tous les souvenirs et toutes les significations qu'il lui évoquait, les petits lacs qui devenaient des miroirs sous la lumière rasante et les bouquetins surpris de trouver un homme à une heure pareille : ils se levaient des rochers où ils étaient couchés, un mâle soufflait dans sa direction, et Fausto était déjà de l'autre côté du pierrier, sur les marches de la via ferrata avec son gros sac à dos. S'il se dépêchait il arrivait à temps pour l'apéritif des guides. Il pensait toujours à acheter du pain, un journal, des fruits et légumes frais pour les gardiens du refuge, et à donner un coup de main en cuisine s'il remarquait qu'il y en avait besoin. Le soir, Arianna s'installait dans une autre chambre. Dufour avait depuis longtemps cessé de lui faire payer la nuit.

Il y avait quelque chose de contagieux dans la joie qu'il apportait là-haut, et un matin tôt Silvia se laissa convaincre de faire un tour sur le glacier. Ils s'équipèrent devant le refuge, sur le carré de pierraille que la fenêtre de la cuisine éclairait. Ils enfilèrent crampons et baudrier, s'attachèrent l'un à l'autre à dix mètres de distance et Fausto fit des anneaux de corde qu'il glissa autour de son épaule. Ils se mirent en marche alors que le ciel s'éclaircissait, et le long des voies du mont Rose les lumières des lampes frontales s'éteignaient une à une.

Mais Fausto n'était pas Pasang : il se lança dans sa course, et Silvia dut s'efforcer de le suivre. Pendant une demi-heure elle garda les yeux rivés sur la trace dans la neige bleuâtre et la corde qui la reliait à lui. Tantôt elle se tendait et la tirait par le baudrier, tantôt elle mollissait au point de finir dans ses crampons, et à aucun moment Fausto ne se retournait pour vérifier. Comme si, d'un accord tacite, il ne devait penser à rien d'autre qu'à avancer, et elle, à ce que la corde entre eux reste tendue mais pas trop. Mais elle se sentait bien, elle était acclimatée à la haute altitude et n'avait pas froid, et le long faux plat derrière le refuge lui permit de trouver le rythme. C'est à peine si elle remarqua les deux crevasses qu'ils franchirent, l'une en la contournant, l'autre en passant sur un pont de neige glacée. Les jambes allaient, cœur et poumons se rodèrent et sa respiration se fit plus régulière.

Ce fut Fausto qui s'arrêta pour ôter son sac à dos. Il en sortit un piolet pour lui et un autre pour elle.

Tout va bien ?

Je crois, oui. Toi, qu'est-ce que t'en penses ?

T'as de l'entraînement.

J'ai dû m'entraîner en passant la serpillière.

Tiens, le voilà ton refuge, regarde.

Silvia se tourna du côté de la vallée : elle vit le Quintino Sella au loin, la fumée bleue du générateur, les fenêtres éclairées dans la brume matinale. Ils en avaient devancé, des cordées. Le faux plat était fini à présent et une pente autrement plus sévère les attendait. Toute la paroi était encore à l'ombre.

Tu veux un peu de thé ?

Pas tout de suite, merci.

On se remet en route ?

D'accord, je suis à peine échauffée.

Alors : piolet dans la main gauche et corde dans la droite. C'est un peu délicat ici. On va y aller calmement, d'accord ?

C'est ça, oui, j'ai bien vu ce que t'appelles calmement.

La trace sur la pente se révéla une succession de marches creusées dans la glace. Elles étaient hautes, elles arrivaient presque aux genoux de Silvia : elle mettait le pied gauche, puis le droit suivait. Le piolet qui aurait été trop court sur du plat avait la bonne taille si on le plantait en amont. Quand la trace changea de direction et vira à gauche, Silvia imita Fausto et changea son piolet de main. Elle comprit d'elle-même le système. La trace montait en zigzag pour apprivoiser cette pente si raide, et elle se rappela le début de la saison, quand Dufour ou Pasang revenaient la battre chaque fois qu'il neigeait. Deux jeunes plantés au milieu les laissèrent passer, le second s'époumonait, plié en deux, le premier dit : La semaine prochaine, on sera à la plage ! Pense aux filles en maillot de bain !

Oui mais ce sera sans toi, dit l'autre.

Silvia ne s'attendait pas à ce que le soleil la cueille à la fin de l'ascension. Le soleil, le ciel du matin et l'horizon qui tout à coup s'ouvrit devant eux, vers d'autres glaciers et d'autres sommets. Ils marchèrent encore, sur le fil de la crête, puis derrière une bosse, descendant dans une plaine étonnamment vaste et tranquille. Fausto s'arrêta à l'endroit où la trace bifurquait : l'une continuait à l'ouest vers le Castor, et l'autre à l'est, vers les deux Lyskamm. C'étaient les célèbres crêtes pour lesquelles des gens venaient du bout du monde. Un glacier beaucoup plus étendu que celui qu'ils avaient remonté descendait par le versant opposé du mont Rose, en direction du nord.

C'est ça le col du Félik ?

Lui-même.

Ça veut dire qu'on est déjà à quatre mille mètres ?

Oui, ça fait un bout de temps. Et là-devant, je te présente sa majesté le glacier du Gorner. *Gornergletscher.*

Il est immense, où il va ?

Où il va ? Dans le Rhône. Le lac Léman. Puis à Lyon et au sud en Provence.

Impressionnant.

Ici mon père me disait toujours : maintenant essaye de distinguer la neige du Rhône de la neige du Pô si tu y arrives. Cette histoire de ligne de partage des eaux lui sortait par les yeux.

C'était donc ça, la cité perdue de Félik. Les premiers quatre mille mètres de la vie de Silvia. À leurs pieds les vallées à peine effleurées par le soleil se confondaient, la planète bleue qui recommençait à se débattre, et autour la surface de cet astre glacé resplendissait. Les crêtes du mont Rose semblaient avoir été taillées à coups d'épée. On distinguait les cordées qui les remontaient une à une. Tout était si net et essentiel qu'elle commença à comprendre autrement la réponse que Pasang lui avait donnée. De la neige, du vent, du soleil.

Quelle heure il est ? demanda-t-elle.

Sept heures. L'heure d'aller faire les cappuccinos.

On descend déjà ?

Oui, mais tu vas devant cette fois.

Je serais bien restée un peu.

La prochaine fois. Maintenant, rappelle-toi : le poids en arrière, les talons bien plantés.

Attends, dit Silvia. Et avant de planter ses talons elle lui donna un baiser sur la bouche, à ce despote de premier de cordée, avec leurs crampons qui s'accrochaient et la corde qui s'emmêlait, là où la neige du Rhône se confondait avec la neige du Pô.

28

Une cuite

Il appelait ça *le grand nettoyage*, même si ce n'était plus le printemps : comme il s'était disputé avec sa fille, comme la mère de sa fille s'obstinait à ne pas vouloir rentrer, comme Fausto était à nouveau parti en montagne en le laissant seul, et comme quatre mois après l'accident il peinait encore à lacer ses chaussures, il décida de recourir à sa bonne vieille méthode décape-tout, son vieux dérivatif. Il démarra avec une tasse à café remplie à moitié de gin, à moitié d'eau de Fontana Fredda, cette eau bénite venue tout droit du glacier, puis continua comme ça tout l'après-midi d'août, perdant progressivement la notion du temps et des proportions, parfois c'était plus de l'eau, parfois plus du gin, mais son remède gardait son bon goût de genièvre et il le descendait, nettoyant son âme de la rouille et des impuretés. Ex-mari, ex-garde forestier, probablement ex-dameur à l'heure qu'il était, deux vieilles ferrailles en guise de mains et le gras qui lui bouchait les veines, le gin nettoyait tout chez Luigi Erasmo Balma dit Santorso, comme l'ancien moine irlandais, Saint Ours. À ce qu'on racontait, le type était venu de son île verte faire l'ermite chez les montagnards. Ermite, pourquoi pas ? Il regarda par la fenêtre et se rendit compte que, s'il soulevait sa tasse à bonne hauteur, il arrivait à voir les montagnes, à l'envers, qui se reflétaient dans le gin. Encore une rasade, et le regard qu'il portait sur sa situation commença lui aussi à changer. Vus dans le gin, tous ces ex devenaient les étapes d'une libération. Libéré d'un mariage, d'un uniforme, d'un travail salarié, il s'en sortirait dans tous les cas, donnez-moi une tronçonneuse et un champ de patates et je me débrouille. Sa fille dévouée lui avait judicieusement confisqué ses cigarettes mais elle ne savait pas pour le *toscano* qu'il conservait dans un tiroir, et l'occasion lui sembla toute trouvée. La libération de Santorso, patron des ermites. Donnez-moi une grotte, une balme, le muret de pierres sèches je me le construis moi-même, il tira une bouffée sur son petit cigare et le bon goût du tabac se mêla à celui de genièvre qu'il avait dans la bouche.

C'est alors qu'il revit son tétras-lyre empaillé et fixé au mur. Il posa sa tasse, le décrocha, sortit sous le soleil de l'après-midi. Sur la route, les touristes rentraient de promenade, les enfants jouaient au milieu des bottes de foin dans le champ. Santorso était encore capable de serrer le manche d'un marteau : il cloua le tétras-lyre au tronc du mélèze devant chez lui. Il remonta dans sa maison et sortit sur le balcon pour admirer le travail, sa tasse de nouveau en main et le *toscano* serré entre les dents. Tu es libre maintenant, vole petit coq de montagne, va mettre une tannée aux vilains oiseaux de la vallée d'à côté, trouve-toi une belle poulette et faites plein de petits poussins. Comment était-il possible qu'en trente ans il n'ait jamais eu l'idée de le libérer ? Il semblait soudain tellement plus à sa place là-dehors. Plus bas, à l'autre bout du pré, passaient les donzelles en débardeur. Où allaient-elles sans même dire bonjour ? S'il ne les avait pas vues, l'idée suivante ne lui serait pas venue. Mais qu'est-ce que je raconte, pensa-t-il, comme si t'étais libre. T'es toujours cloué à ta *brenga*. Comme le vieillard que je suis.

Il retourna à l'intérieur, descendit à l'étable et ressortit avec son calibre 12. Canons superposés, cartouches à billes. Voyons voir si je sais encore viser, pensa-t-il, ouvrant et fermant la main droite pour se dégourdir les doigts. Hé petit coq, tu le reconnais celui-là ? C'est le même que la dernière fois, tu sais. Il braqua son fusil et heureusement que pour viser il fallait fermer un œil, car les deux coqs qu'il voyait ne firent plus qu'un. L'index de la main droite réussit à serrer ce qu'il y avait à serrer. Pan ! fit le calibre 12. Pan ! Les deux coups de feu en plein mois d'août résonnèrent jusqu'aux Trois Villages, et les mères terrorisées couraient chercher leurs enfants dans les prés.

29

Un tas de cailloux

Deux femmes arrivèrent au Quintino Sella quelques jours après le 15 août. Elles avaient engagé un guide pour qu'ils les accompagnent et étaient montées lentement, prenant toute une matinée et une partie de l'après-midi. Elles n'avaient pas de sommets en ligne de mire, elles voulaient seulement aller jusque-là : au refuge, elles prirent congé du guide, qui repartit au pas de course pour prendre le dernier funiculaire, et allèrent s'installer dans le dortoir. Au téléphone, elles avaient demandé s'il y avait des chambres doubles avec salle de bains, le genre de questions qui faisait rire en cuisine, et encore ce n'était pas la plus cocasse. Mais les femmes s'accommodèrent des lits superposés, étendirent le drap et la couverture et retournèrent dans la salle boire un thé, l'une avec les cheveux gris attachés et un pull à col roulé, l'autre, blonde, serrant sa tasse entre les mains pour se réchauffer, les boucles d'oreilles qui juraient avec les claquettes en caoutchouc du refuge. Silvia les remarqua dès qu'elles descendirent. Mais, ces deux-là ? pensa-t-elle. Elle bâilla, noua son tablier et dit : Ciao, Vendredi.

Ciao, Femme des bois.

Qu'est-ce qu'on mange ce soir?

Pâtes à la sauce tomate ou soupe de légumes. Et en plat principal, ragoût avec de la purée ou quiche aux épinards.

C'est quand que tu nous fais ton *dal bhat* ?

En septembre !

Toujours tout en septembre, hein ?

Le refuge était plein à craquer et pour le dîner il y avait deux services, six heures trente et sept heures trente, et elle n'eut plus le temps de souffler avant neuf heures. Puis les estomacs des alpinistes furent repus et la cadence ralentit enfin. Quelques-uns allèrent dehors voir le glacier et les étoiles, d'autres jouaient aux cartes en sirotant leur dernier verre, rares étaient ceux qui insistaient pour contrôler l'équipement du lendemain. Le regard de Silvia s'arrêta de nouveau sur les deux femmes : Dufour était à table avec elles, il expliquait quelque chose à l'aide d'une carte. Elle ne l'avait jamais vu s'asseoir avec quelqu'un d'autre qu'un guide alpin, qui pouvaient donc être ces deux-là ? La femme aux cheveux gris semblait plus impliquée dans la conversation. La blonde feuilletait le livre d'or du refuge, elle avait les yeux rougis et l'air absent. Soudain Silvia comprit. Un mois avait passé depuis ce jour, et des centaines voire des milliers d'alpinistes, mais elle savait qu'il n'y avait rien à lire dans le livre d'or, l'homme du Castor n'avait même pas laissé une signature. Il y avait ceux qui écrivaient des pages entières et ceux qui passaient en silence, comme pour ne pas déranger. Dufour resta à parler avec elles pendant que Silvia préparait les tables pour le petit-déjeuner, puis ce fut l'heure d'éteindre le générateur et d'envoyer tout le monde au lit.

La veuve c'est la blonde, lui dit Arianna en haut dans la chambre. L'autre c'est une amie.

Ça se passe toujours comme ça quand quelqu'un meurt ?

Presque toujours. Tôt ou tard une femme ou un fils débarque. Le plus triste, c'est quand ce sont des parents.

Il sait bien y faire, ton père.

Il a dû apprendre.

Quand ma mère est morte, le prêtre est venu. Je n'ai même pas voulu le voir.

Elle allait à l'église ?

Tu parles, ils se détestaient, elle et ce prêtre. Elle disait que l'Église lui faisait de la concurrence déloyale.

Dans ce cas t'as bien fait.

Le matin qui suivit était calme et limpide, hautes pressions d'août. Sans vent même le glacier pouvait avoir l'air d'un lieu terrestre. Les deux femmes déjeunèrent, puis allèrent dehors regarder les sommets et les cordées déjà loin. La blonde fureta autour du refuge, observa la vieille cabane et les plaques de bronze, les moineaux du glacier et les petits drapeaux tibétains, comme si elle cherchait quelque chose qu'elle ne trouvait pas. Son amie prenait le soleil sur un banc quand Silvia sortit des latrines avec le seau et la serpillière.

Ciao, dit la femme aux cheveux gris.

Bonjour.

C'est incroyable la vue qu'il y a ici.

En effet.

Qu'est-ce qui scintille là en bas ?

Il paraît que c'est une usine de Novara. Elle scintille toujours à cette heure de la matinée. S'il n'y avait pas la brume, on verrait Milan un peu plus loin.

Milan ?

Silvia posa le seau pour lui montrer. Elle savait désormais ce qui impressionnait les gens, qu'ils regardent les hauteurs ou la plaine.

Vous voyez les montagnes en bas ? Celle qui est seule, c'est le mont Viso, là-bas il y a Turin. Et cette ligne bleue, c'est pas de la brume, mais l'Apennin ligure. La mer est juste derrière.

La mer.

C'est pas commun, hein, de penser à la mer à cette hauteur ?

La femme la regarda vraiment. Elle sembla soudain prendre conscience qu'elle parlait à quelqu'un. Ça aussi, Silvia l'avait déjà observé. Tu pouvais servir des gens pendant une soirée entière sans qu'ils te voient, tu n'étais que la serveuse qui apportait les plats, puis parfois un mot, un geste, et tout à coup tu cessais d'être transparente.

Quel âge tu as, toi ?

Bientôt vingt-huit.

Et ça fait longtemps que tu travailles ici ?

Depuis juin. C'est mon premier été.

T'as du courage.

Silvia reprit son seau. Elle sourit intérieurement. C'est vrai qu'il fallait une bonne dose de courage pour entrer dans le bloc sanitaire après cent vingt alpinistes, barbouillés pour la plupart. Elle aussi, au début, voyait les choses comme ça, elle n'avait pas compris grand-chose à la vie au refuge.

L'arrivée de l'autre femme mit fin à la conversation. Elle portait des lunettes de soleil, adaptées au glacier et au deuil, et Silvia allait partir et les laisser seules, quand cette dernière la retint et dit : Excusez-moi.

Oui ?

Je me demandais : c'est quoi ces tas de cailloux ? Ils ont une signification ?

Oui et non.

Comment ça ?

Le plus haut, c'est un Népalais qui travaille ici qui l'a construit. C'est une sorte d'autel bouddhiste, on y suspend les drapeaux de prières.

Les chiffons tout déchirés, là ?

Oui, mais c'est pas un problème s'ils se déchirent, au contraire. Pour eux, ce sont les prières qui s'envolent avec le vent.

Et les plus petits ?

Ça c'est les gens qui passent qui les font, je ne sais pas pourquoi.

Ils font ça comme ça, sans raison ?

Silvia haussa les épaules : Vous savez, les après-midi sont longs. C'est peut-être bien simplement pour s'occuper. Ou peut-être bien pour dire : moi aussi je suis passé ici.

Elle se rendit compte qu'elle commençait à parler comme Pasang. Elle aurait voulu ajouter quelque chose de gentil, un mot pour cette femme. Mais elle n'avait aucun souvenir de son mari, c'était ça la vérité. Elle avait essayé, elle avait passé en revue toutes les têtes de ce soir-là, mais le lendemain d'autres les avaient remplacées et l'accident avait vite été classé, il en arrivait constamment. Certains si bizarres qu'une banale chute un jour de brouillard ne risquait pas d'être racontée longtemps.

Tu es bouddhiste ? demanda la femme aux cheveux gris.

Moi, non. J'ai seulement cet ami. Puis elle dit : Je suis désolée, je dois me remettre au travail.

Plus tard elle les vit, dehors, en train de construire un tas à elles. Deux femmes dans le pierrier qui ramassaient des cailloux et les mettaient les uns par-dessus les autres. Ce que signifiait leur geste, elles seules le savaient. Elles y passèrent tout le reste de la matinée et finirent par ériger un tas de près d'un mètre qui serait peut-être assez solide pour passer l'hiver. Silvia les vit encore à l'accueil demander à régler leur note, Dufour refusa qu'elles paient quoi que ce soit mais accepta le pourboire pour le personnel, puis vers onze heures le guide qui devait redescendre avec elles arriva.

30

Le bivouac

À Fausto, son père racontait que les torrents de montagne ont cinq voix qui changent avec les heures du jour. La troisième, celle puissante de l'après-midi, allait decrescendo vers la quatrième, et au coucher du soleil le torrent la mettait en sourdine comme si, plus haut, quelqu'un avait fermé une écluse. Dans la cuvette au pied du glacier on sentait l'automne approcher. En août la linaigrette avait fleuri, il y en avait tout un pan sur le marécage : pompons blancs juchés sur des tiges qui poussaient dans l'eau stagnante, et ondoyaient dans le vent des trois mille mètres comme un champ de coton.

Dans la demi-citerne en tôle Fausto avait allumé son petit réchaud de camping, il hachait un oignon avec son Opinel pendant que les champignons ramollissaient dans l'eau tiède. De son sac étaient sortis aussi du riz, un dé de bouillon, de la tomme d'alpage et une bouteille de nebbiolo. Silvia buvait son vin en l'observant, du haut de la banquette. Ils s'étaient donné rendez-vous là, elle qui redescendait de l'hiver perpétuel du refuge et lui qui remontait du bref été de Fontana Fredda, ou de ce qu'il en restait.

Tu ne te lasses jamais de cuisiner ?

Non, au contraire. C'est quelque chose qui me détend beaucoup.

Pourquoi, t'es nerveux d'habitude ?

Nerveux, non. Un peu soucieux.

À cause du travail ?

Entre autres. Ce doit être l'humeur de l'automne. Écrire, pas écrire, quoi faire l'hiver prochain.

Tu penses pas que Babette va rouvrir ?

Ça m'étonnerait.

T'as écrit un peu ces derniers temps ?

Un peu, oui.

Et en cuisinant, t'es avec moi, ou juste avec l'oignon et les champignons ?

Avec l'oignon et les champignons et avec toi.

Alors ça va. Tu me sers encore un peu de vin ?

Ils dînèrent pendant que dehors le jour déclinait. Dans la dernière lueur les chamois quittaient leurs rochers et leurs crêtes pour aller s'abreuver. Ils se tinrent à distance du bivouac, déviant de leur chemin habituel. Eux aussi connaissaient l'humeur de l'automne : l'herbe perdait de sa saveur, et d'un moment à l'autre, ils entendraient le premier coup de fusil. L'homme devenait très dangereux, en cette saison.

Fausto ouvrit son sac à dos et en sortit un paquet tout froissé. Il dit : Bon anniversaire. Désolé pour le ruban.

Alors ça, *chef** ! Je ne m'y attendais pas.

Tant mieux.

C'est quoi ?

Un bouquet de fleurs. Allez, ouvre !

Du papier cadeau sortit un des cahiers noirs sur lesquels Fausto écrivait. En première page, il portait le titre : *Les Trente-Six Vues de Fontana Fredda*. Et la dédicace : *À mon exploratrice polaire, avec amour, F.* Suivaient de courts chapitres rédigés à la main, d'une écriture qui s'efforçait d'être lisible. Silvia en feuilleta quelques pages : l'un parlait d'un arbre frappé par la foudre, un autre d'une chute de neige tardive, un autre encore de coupe de bois en forêt, etc.

Ça pour écrire t'as écrit.

J'aurais bien dessiné, mais j'en suis incapable.

T'es sûr que c'est pour moi ?

Évidemment que c'est pour toi. C'est une pièce unique, attention.

Je ne sais pas si je le mérite.

Et moi, je le mérite, mon baiser ?

Qui sait pourquoi il devait toujours faire ça dans le froid. Le bivouac était vétuste et inconfortable mais il avait dû en voir des amants dans sa longue vie. Toujours à demi vêtus, tannés par le soleil, les jambes lasses et les cheveux sales et charriant trop d'odeurs, les amants des bivouacs et des refuges. L'obscurité se fit dans la cuvette et la température chuta de quelques degrés. Seule la roche libérait la chaleur emmagasinée, tiède dans l'air nocturne.

Ça faisait comment l'histoire du bivouac emporté par le vent ? dit-elle.

Ça faisait : il était une fois un petit refuge bivouac pareil à celui-ci. Un gars partit à l'automne en laissant la porte ouverte, et au printemps il ne restait plus que le socle en béton. Voilà, c'était mon histoire.

J'y crois pas.

Tu fais quoi cet automne, toi ?

En octobre j'ai la récolte des pommes.

Ah oui, c'est vrai que c'est la saison des pommes.

Après je ne sais pas. J'ai vingt-huit ans, je ferais bien aussi de décider ce que je vais faire de ma vie.

Et si on se trouvait un petit endroit à faire tourner, toi et moi ? Ça ne te dirait pas ?

Un refuge ?

J'y songe depuis un moment.

Je t'écoute.

Moi je cuisine. Toi tu tiens le bar. Un petit truc, où on pourrait travailler tous les deux.

Le cuisinier et la serveuse ?

Pourquoi pas ?

T'es trop romantique.

Amants de bivouac : lui était trop romantique, elle devait décider quoi faire de sa vie, et ils discutaient de tout ça sur une banquette suspendue qui n'était même pas un lit, dans une cahute à la merci des intempéries. Il n'empêche, c'était vrai que Fausto y songeait depuis un moment. Son plan, il l'avait même échafaudé avec soin : il lui parlait déjà de refuges à rénover, de refuges fermés depuis des années, de refuges hors des sentiers battus, de petits refuges à moyenne altitude qu'il connaissait. Ils pouvaient s'associer pour en prendre un et le rouvrir à deux. Le métier, ils le connaissaient maintenant, non ? Ce n'était pas une demande en mariage, mais presque.

Adossée contre lui, sous un sac de couchage qui les couvrait à peine tous les deux, Silvia l'écoutait. Il était reparti. C'était comme cette fois sur le glacier où il fonçait en tête sans se retourner et la corde la tirait par le baudrier. Mais la soirée était trop parfaite pour la gâcher avec des objections. Elle s'imagina écouter un conte, ou une de ses histoires à la elle-et-lui, et s'endormit avant la fin.

31

Les paravalanches

Il y avait eu un orage pendant la nuit et au matin, le verre qu'il avait laissé sur le balcon contenait une mouche noyée dans deux centimètres d'eau. Il regarda plus loin, du côté des champs, en buvant le café léger que sa fille avait préparé : l'herbe couleur paille, le ciel de nouveau limpide et sans brume. La lumière était en train de changer, pensa-t-il. Le moment est venu de descendre faire du bois. Puis il entendit la porte de la salle de bains s'ouvrir et elle sortit avec sa chemise blanche, son pantalon noir, l'emblème de l'hôtel sur la poche de devant, ses cheveux rassemblés en un chignon impeccable.

Tu travailles même le dimanche ? demanda Santorso.

Dimanche, lundi, pour ce que ça change. C'est quoi ton programme, à toi ?

Ma foi, je vais voir pour affûter la chaîne de la tronçonneuse.

Tu chasses pas aujourd'hui ?

C'est eux qui t'obligent à te coiffer comme ça ? T'as de si jolis cheveux, tu devrais les laisser un peu libres.

On dit détachés. J'y vais.

Ciao petite.

Il la regarda monter dans la voiture, manœuvrer et disparaître au premier tournant, en roulant doucement, en se tenant bien à droite, direction son hôtel avec piscine. De qui était-elle la fille, cette demoiselle ? Puis il prit son sac à dos et ses jumelles et sortit à son tour. Il partit par le sentier que les bûcherons avaient emprunté pour descendre quelques jours plus tôt. Le chantier terminé, la forêt était lumineuse : les monceaux de branches amassées au pied des mélèzes, les troncs en tas, rangés par qualité. Après une nuit de pluie, ils fumaient sous le soleil du matin. Il passa les étendues de copeaux, les pierres noires couvertes de suie sur lesquelles Fausto avait cuisiné, la route forestière où il croisa le fourgon d'un éleveur. L'homme s'arrêta et, le coude sur la portière, lui demanda : Tu montes à la Valnera ?

Si j'y arrive.

Tu regarderais pour moi où sont mes veaux ?

Tu les as là-haut ?

J'en ai vingt-deux. Je voudrais pas que l'orage leur ait fait peur.

D'accord.

Et tant que t'y es, tu me rapporterais un poulet pour midi ?

C'est ça ouais, va chier.

Quand il eut franchi la limite des arbres, il trouva le torrent malingre, son lit de pierres et de gravier à nu, et l'herbe qui, en contrepartie, redevenait plus verte. Il ne s'habituait pas à l'allure à laquelle ses ennuis de santé l'obligeaient maintenant à marcher. Le rythme qui avait toujours été le sien, il n'arrivait plus à le tenir, s'il accélérait il s'essoufflait aussitôt et nombre de fois il se dit, allez, laisse tomber, rentre à la maison affûter la chaîne de la tronçonneuse. Il s'arma de patience. Pendant une heure il resta les yeux rivés sur le sentier sous ses pieds. Il se rendit compte qu'il était déjà assez haut quand il vit dans l'herbe les gentianes en fleur. Il pensa : Avec mes pas de fourmis je vais finir par atteindre la cabane Reine-Marguerite. Ils diront, regarde le vieillard qui monte, il va aussi vite qu'une tondeuse à gazon mais il a une sacrée batterie.

Sur la Valnera il fut accueilli par les sifflements des marmottes. Là où le torrent formait un étang, il trouva les veaux de l'autre enquiquineur qui s'abreuvaient. C'étaient des génisses, en vérité, des femelles d'un an ou deux qui ne donnaient pas de lait et qu'on laissait sur les hauts pâturages d'août à septembre, à demi sauvages. Au début, elles étaient craintives, détalaient dès que quelqu'un passait. Au bout d'un mois, on les retrouvait ensauvagées, il arrivait qu'elles chargent et ça devenait compliqué de se faire obéir. Santorso les compta : il y en avait treize. Elles avaient dû se séparer pendant l'orage. Il monta à travers les maigres pâturages où le vallon finissait, guère plus qu'un flanc de colline ; l'autre côté par contre descendait en barres rocheuses et en escarpements, et c'était à cet endroit que, quelques années plus tôt, ils avaient installé tous ces paravalanches, après que les maisons en contrebas avaient échappé de peu à une avalanche. On aurait dit des parapluies ouverts et posés à l'envers. C'était là qu'il avait eu l'accident, mais y retourner ne lui fit ni chaud ni froid. Pour lui c'était comme s'il était tombé dans l'escalier de sa maison.

Il retrouva le coin précis où il avait perdu ses skis et entreprit de les chercher : il y en avait un sur le pierrier, la peau de phoque en lambeaux mais le ski était en un seul morceau, et les fixations encore en bon état. L'autre était tombé, il devait être en dessous. Il se pencha sur l'autre versant et regarda en bas.

Dio faus, dit-il tout haut.

Les neuf génisses étaient là, ou plutôt leurs carcasses cernées de volées de corbeaux. Quelques-unes étaient coincées dans les paravalanches, dévorées des quartiers arrière jusqu'aux entrailles. C'étaient des repas laissés à moitié : une fois les meilleurs morceaux avalés elles avaient été abandonnées aux oiseaux qui s'amassaient sur les mufles, dans les ventres ouverts. Elles avaient encore leur collier et leur grosse cloche, les étiquettes jaunes aux oreilles, certaines les pattes en l'air, rigides, et la langue sortie. Même mortes, elles conservaient leur incongruité, intruses dans ce lieu qui n'était pas fait pour les vaches, mais pour les chamois et les bouquetins. Et aussi pour les loups, désormais.

Des loups jeunes, pensa Santorso. Ce sont les jeunes qui tuent pour s'amuser, les vieux seulement par nécessité. Ce n'était plus un chasseur solitaire mais une meute qui avait séparé méthodiquement les bêtes, les avait entraînées en haut de la pente puis dans le précipice. En les pourchassant ils les avaient mordues au ventre, aux quartiers arrière et aux mamelles, ç'avait été un jeu d'enfant avec ces bêtes qui n'étaient plus capables ni de se défendre ni de fuir, des animaux domestiques en milieu sauvage. Les louveteaux avaient dû s'amuser comme des petits fous, puis ils avaient mangé plus qu'assez et s'en étaient allés digérer ailleurs.

Il allait falloir faire de beaux tours en hélicoptère pour nettoyer ce carnage, mais Santorso n'était pas pressé d'appeler le service forestier. Ils avaient bien ri quand ils lui avaient confisqué son fusil ? Alors tant pis pour leurs gueules. Il vit le deuxième ski près d'une des charognes, il avait glissé sur le côté et était allé buter contre un paravalanche. Il descendit pas à pas, en se retenant aux mottes d'herbe dure, par le même couloir où il s'était pris une volée de cailloux. Il s'en remit à ses mains et ses mains ne le trahirent pas, et autour de lui les corbeaux s'élevaient, protestant contre l'invasion.

32

La récolte des pommes

Pas de vergers ou de vignes ici, Silvia sut qu'elle était arrivée quand elle vit le mur de l'usine défiler le long du train. Un mur jaune, décrépit, derrière lequel son grand-père avait travaillé une vie, son père jusqu'à ce que la production soit délocalisée à l'étranger. Après la fermeture, quelqu'un avait écrit à la bombe ADIEU VA TE FAIRE FOUTRE MAIS ATTENDS-MOI, sans doute plus à un être cher qui prenait le train qu'à l'usine elle-même, et depuis, pour Silvia, ç'avait toujours été ça, le message de bienvenue quand elle rentrait. Elle enleva l'écouteur de son oreille et la chanson qui passait s'arrêta d'un coup.

Je descends ici, dit-elle au jeune homme assis à côté d'elle.

Alors, ciao.

Merci pour la musique.

De rien.

Elle prit son sac à dos dans le casier à bagages, traversa le wagon et descendit au milieu des étudiants et des travailleurs. Elle fut saisie par la douceur du soir de septembre, aperçut sandales et bretelles alors que quelques heures plus tôt elle foulait la neige. Elle avait imaginé partir du glacier à pied, et lui faire ses adieux en douceur, mais ce matin-là, l'hélicoptère descendait les ordures et Dufour était dans un de ces jours où il valait mieux ne pas discuter, accaparé qu'il était par les corvées de fin de saison. À un moment donné il avait désigné elle et Arianna, et il leur avait dit : Au prochain tour c'est vous qui y allez, et dix minutes plus tard Silvia s'était retrouvée sur le parking du funiculaire. Tout à coup, plus de glacier, et elle se sentit comme si on le lui avait enlevé par la ruse. Arianna et elle avaient échangé leurs numéros de téléphone et s'étaient plus ou moins promis de faire un voyage ensemble, au printemps.

Elle sortit de la gare, une exploratrice polaire qui à chaque coin de rue était obligée de se dire : attention, c'est un feu ça. Il est rouge, tu vois pas ? Et ça, c'est un passage piéton. Son refuge était désormais le sac qu'elle avait sur le dos et ses meilleurs amis des pieds dans des chaussures de marche. Des pieds qui, là-haut, avaient appris un art, fait d'orteils, de talons, de chevilles, de voûtes plantaires, des pieds qui étaient devenus de merveilleux équilibristes au contact de la roche et de la glace mais qui, sur l'asphalte, redevenaient un moyen de locomotion bien moins efficace que la roue. Voilà le quartier. Voilà les deux bars de la place, les bancs des dealers, voilà les chômeurs en train de boire du blanc et du Campari, voilà l'espace-jeunes où, un temps, elle s'était battue pour faire de son quartier un endroit un peu plus agréable à vivre. Quand l'administration avait changé de mains, le lieu avait été attribué à d'autres et maintenant ils y regardaient des matchs de foot. Où étaient les fleurs, sur ce glacier ? Ici aussi il devait bien y avoir des fleurs.

Qu'est-ce que tu fais en automne, Vendredi ?

Je rentre au Népal pour la saison de trekking, puis je passe un peu de temps chez moi avec ma famille. Et toi ?

Oui, moi aussi je pense que je vais rentrer chez moi un moment.

Elle était rentrée parce qu'elle se sentait prête, après une fugue qui lui semblait extrêmement longue. C'est ce qu'elle dirait à Fausto : pour aller de l'avant il fallait d'abord qu'elle retourne en arrière, sinon elle ne cesserait jamais de fuir. Voilà donc les immeubles, les balcons, les cours, voilà les rampes des garages où, enfant, elle avait interdiction de descendre, voilà les cadres de vélos sans roues et les sacs-poubelle qui puaient toujours autant. Voilà l'exploratrice polaire qui retrouvait toute son enfance les yeux brillants, et son enfance surprise de la retrouver elle.

Silvietta ! dit une femme en train d'étendre du linge au premier étage.

Ciao, Melina.

Ça fait longtemps que je ne te vois plus, tu es de retour ?

Oui, pour un petit moment.

Tu reviens d'où avec ce sac à dos ?

De la montagne.

Il devait faire bien frais là-haut.

Assez, oui !

Tu salueras ton père de ma part ?

Je n'y manquerai pas.

Elle prit l'escalier au lieu de l'ascenseur et l'appartement au cinquième étage fut son dernier sommet, pour cette année-là. Cinq étages, cent vingt marches, dix-sept mètres et quelque de dénivelé. Ses jambes étaient fortes à présent et il aurait été dommage qu'elle perde l'entraînement. L'exploratrice polaire arriva devant la porte, la porte de ce qui était maintenant chez son père, et tout à coup elle pensa au col du Félik, aux crêtes taillées à coups d'épée et au glacier qui descendait au loin. À Fausto qui disait : Maintenant essaye de distinguer la neige du Rhône de la neige du Pô si t'y arrives. Elle demanda à ce souvenir de lui donner le courage nécessaire. Puis elle sonna, ramena une mèche derrière l'oreille et sourit en fixant le judas, comme les petites filles dans les cabines de photomaton.

33

Le champ de pommes de terre

Fausto avait l'insomnie d'un homme qui doit prendre une décision. Il écoutait la bruine sur le toit, fermait les yeux et s'endormait peut-être par moments, mais lorsqu'il fit jour, il en eut assez de se retourner, se leva et remplit le poêle de petit bois sec. Dehors de fines gouttes tombaient, les nuages couvraient les arbres et la cuisine fut saturée de fumée à cause de la basse pression. Une demi-heure plus tard il retourna à la fenêtre et vit, entre les nuages qui se dispersaient, la neige. La voilà. Elle se posait au-dessus des deux mille mètres, neige de septembre qui bientôt fondrait au soleil, mais c'était elle. Il tenta de se rappeler la dernière neige de printemps, ce devait être au début de juin, il y avait à peine plus de trois mois entre les deux. Exactement comme ce que Santorso lui avait dit un jour : trois mois de froid, neuf mois de gel. Il pensa que le temps des flâneries était fini, que venait maintenant le temps du poêle, de la sagesse et des plans pour passer l'hiver, et il décida de descendre à l'agence de sa banque.

Aux Trois Villages, un unique employé ouvrait le guichet deux fois par semaine. Il était aimable et patient et donna à Fausto toutes les informations sur les crédits à court terme, puis il lui posa quelques questions sur le revenu, les propriétés, les garantie qu'il pouvait offrir. Fausto n'en avait aucune, de garantie. L'employé contrôla les mouvements sur son compte, leva un sourcil devant l'écran, nota sur une feuille un aperçu des mensualités et intérêts, lui demanda sa carte d'identité pour faire une photocopie et Fausto eut honte du mot *écrivain* qu'il avait fait mettre dessus. Pour la banque, le mot *cuisinier* aurait été d'un bien meilleur effet. En fin de compte, le montant qu'ils pouvaient lui prêter, sans trop faire d'histoires, s'élevait à quinze mille euros remboursable en cinq ans, avec ce qu'il avait sur le compte ça lui faisait vingt-sept mille. Il allait de nouveau s'endetter, mais au moins il pouvait se permettre de démarrer une activité en gardant la tête hors de l'eau. Il sortit de la banque plus joyeux qu'il n'y était entré. Fausto n'en était pas moins un écrivain qui, dès qu'il voyait de l'argent, ou plutôt la possibilité d'avoir de l'argent, était pris de l'envie de le dépenser, et il passa au magasin de bricolage s'accorder un cadeau. Il s'acheta une hache neuve avec le manche en frêne et une lame solide pour fendre le bois. Il rentra à Fontana Fredda avant onze heures, les nuages se levaient en s'effilochant et dévoilaient, sur les hauteurs, derrière le bois mouillé de pluie, les pâturages couverts de ce doigt de neige.

Gemma était dans son champ de pommes de terre, en train de contrôler sa plantation. Fausto s'assit sur le bord de la route et dit : Ciao Gemma.

Bonjour.

Tu aimes la neige ?

J'en ai trop vu pour ça.

Pourtant elle rend service, non ?

En décembre, elle rend service. En septembre, elle donne que du souci.

Mais dans les alpages en haut, les vaches elles font comment ?

On les sort pas quand il neige. Aujourd'hui elles sont au foin.

Je ne savais pas.

Il aurait voulu lui demander : Gemma, d'après toi, je fais bien d'emprunter quinze mille euros pour reprendre un restaurant déficitaire ? Mettons que je cuisine moi, que j'engage une personne en moins et que j'augmente un peu les prix, tu crois que je peux y arriver ? Ça passera, un euro de plus sur le menu ouvrier ?

Au lieu de ça, il dit : Et les *trifolle*, elles se portent bien ?

Tu parles le dialecte ?

Deux ou trois mots comme ça.

Un écrivain qui parle le dialecte !

Alors tu sais qui je suis.

Gemma ne répondit pas. Elle baissa les yeux et caressa les feuilles d'un plant de pommes de terre, comme pour les essuyer de la pluie. Pour la sortir de l'embarras, Fausto dit : Du bois, t'en as ? Regarde la belle hache que j'ai achetée.

Pas mal.

Si tu veux je t'en apporte deux brouettes.

J'en ai, j'en ai.

Ce n'était pas vrai, du moins pas tout à fait, parce que la cheminée de Gemma ne fumait pas ce matin-là. Elle devait vraiment être d'une sacrée trempe pour passer une journée comme celle-ci sans allumer le poêle. Il décida qu'il lui en apporterait quand même, se leva et alla jouer avec sa nouvelle hache.

34

Un retour de flamme

Et voilà, t'as raté l'été, se dit-elle en arrivant sur le petit plateau. L'été de Fontana Fredda qui n'était pas un été, mais un printemps qui, à son sommet, se fondait dans l'automne. On le savait, quand ça arrivait, car sur les hauteurs la neige qui alimentait les torrents disparaissait, et aussitôt l'herbe des pâturages jaunissait. Babette avait raté la floraison de juin après l'avoir attendue chaque année avec dévotion pendant trente-cinq ans : des campanules, des pissenlits, des myosotis, des achillées, ne restaient plus que des champs fauchés et épandus, et des épilobes les tiges sèches sur les rives. Elle ouvrit la porte du restaurant et le retrouva tel qu'elle l'avait laissé en hiver : jusqu'aux tasses dans l'évier, les dernières commandes punaisées à côté de la caisse et son désordre familier, auquel de temps à autre elle avait essayé de remédier. C'était toujours le désordre, à la fin, qui avait le dessus, son don d'éparpiller les choses partout autour d'elle, de les transformer d'objets utiles en objets de compagnie. Elle posa sur une table deux trousseaux de clés et l'enveloppe avec le contrat. Elle alluma les lampes, la radio, le percolateur, et le restaurant revint à la vie. Elle remplit une carafe d'eau et sortit tenter le même miracle sur les pauvres plantes de la terrasse. En six mois personne n'avait pensé à les arroser un peu. Pendant qu'elle donnait de l'eau aux roses et aux lupins, elle observa les petits chalets fermés, les sièges des remontées mécaniques qui se balançaient dans le vent, la fumée des cheminées sur les alpages et les crêtes striées de neige à l'horizon. Elle repensa à sa Karen Blixen, non pas pour *Le Festin de Babette* mais pour *La Ferme africaine*, où elle avait écrit : « Moi, je sais un hymne à l'Afrique, un chant sur les girafes allongées et sur le clair de lune, sur les charrues dans le sol et les visages luisants de sueur des cueilleurs de café. Et l'Afrique, sait-elle un chant sur moi[1] ? » Et le hameau de Fontana Fredda, savait-il un chant sur elle ?

Santorso mit moins d'un quart d'heure à remarquer son retour. Il monta les marches qui menaient

1. Karen Blixen, *La Ferme africaine*, traduit du danois par Alain Gnaedig, Paris, Gallimard, « Folio », 2008, p. 113-114.

à la terrasse en boitant légèrement. Il dit : C'est ouvert ?

Non.

Même pas pour un café ?

Le café, je te l'offre. Mais le bar est fermé.

Ça veut dire que je m'assois ici ?

Pourquoi, tu voulais entrer ?

Non, non, on est aussi bien dehors.

Assieds-toi. La machine se met en route. Un peu de patience.

J'ai tout mon temps, moi.

Santorso s'assit à l'une des petites tables en plastique, à côté du parasol fermé. Quand Babette retourna dans le restaurant, il ne put s'empêcher de regarder son cul. Ce cul qui, trente-cinq ans en arrière, aussitôt descendu de l'autocar, avait fait tourner la tête à la vallée entière. Il le trouva plus ferme qu'en hiver, et en l'épiant par la fenêtre, il remarqua qu'elle avait aussi les traits plus détendus. Sur sa peau les taches de rousseur avaient réapparu. Cela faisait combien de temps qu'il ne les voyait plus, peut-être depuis les étés à l'alpage ? Avec cette peau blanche et ses cheveux roux, elle prenait un coup de soleil dès qu'elle sortait au pré. Au cours des derniers mois, il s'était souvent demandé si elle avait rencontré quelqu'un, là où elle était allée, et il l'observait en train de laver les tasses, cherchant les signes d'un changement. Voyons si le vieux flic que tu es est encore capable de reconnaître une femme amoureuse. Babette ouvrit l'eau, n'y prêta plus attention, alla signer quelque chose sur un papier, fit un café à vide pour laver le percolateur puis s'aperçut du robinet qui coulait comme si quelqu'un d'autre l'avait oublié. Santorso resta dubitatif. Il comprenait mieux la perdrix blanche et l'hermine. Elle sortit avec deux cafés, un verre d'eau et la bouteille de brandy, posa le plateau sur la table et s'assit face à lui.

Ciao, Luigi.

Ciao, Betta.

Il paraît que t'as eu des soucis de santé.

On te l'a dit ?

Oui. Comment ça va maintenant ?

Doucement.

Doucement mieux ?

Mais oui.

Il ouvrit et referma le poing. Il ne lui montra pas les deux doigts qui s'étaient ressoudés de travers. Elle mit du sucre dans son café et il versa une dose de brandy dans le sien. Tout comme avant : ils étaient un vieux couple assis à une table dehors, à la terrasse d'un bar de montagne hors saison. Il s'efforça de trouver quelque chose à dire qui lui ferait plaisir, et dit : Tu nous as manqué pour les foins.

Les foins ? Ça doit faire dix ans que je ne les fais plus.

Dix ans ? C'est fou comme le temps passe.

Et comment c'était, les foins ?

Une horreur. Il y a de la crête-de-coq partout. Si on ne la coupe pas avant qu'elle ne répande son pollen, l'année d'après c'est pire encore.

Ça veut dire que t'as coupé plus tôt ?

Oui, mais si je suis le seul à le faire, ça sert à rien.

Comment ça ?

Le pollen, il vole avec le vent.

Je vois. Il n'y a qu'à les convaincre de faire les foins plus tôt.

Tu l'as dit... Il n'y a qu'à.

Elle but l'eau avant le café. Mais où avait-elle pris cette habitude ? se demanda-t-il. En Grèce, en Espagne ? Où buvait-on de l'eau avec le café ? Il vida le sien et se versa encore une goutte de brandy pour rincer sa tasse, mais il ne sortit pas ses cigarettes, et ça, elle le remarqua. Il avait arrêté de fumer ? Il n'était donc pas complètement fou.

Il dit : Tu sais que les loups sont de retour ?

Alors c'est vrai ?

Oui, et ils sont même nombreux.

Ma foi, ils peuvent bien le reprendre cet endroit, tu crois pas ? De toute façon, il n'y a plus personne.

C'est vrai que tu vends le restaurant ?

Je ne le vends pas, j'en cède la gestion.

À Faus ?

Tu sais déjà tout.

Et toi, qu'est-ce que tu vas faire ?

Je vais ouvrir un magasin de fleurs.

Santorso la regarda. Sous les taches de rousseur, il vit une rougeur qui lui était familière. Il y a des années, il avait épousé une femme incapable de mentir. Tu mens, dit-il. Babette éclata de rire. Bon sang, pensa-t-il, quand elle riait, elle avait de nouveau dix-sept ans. Il était à deux doigts de lui dire : Je peux t'embrasser ? Mais elle se leva, lui laissa la bouteille et la tasse et retourna dans son restaurant, histoire d'y mettre encore un peu de désordre avant de le laisser.

35

Les enchères de bois

Le bois en octobre fleurissait du jaune des bolets et du rouge des amanites tue-mouches. Du parfum qui avait grisé l'été, c'est à peine s'il restait une trace sous l'odeur de champignons, musc et herbes fanées. Les tas de troncs avaient été mesurés et répertoriés, cinq mètres cubes l'unité, chacun avec un numéro peint sur la plus grosse pièce. Les numéros allaient de un à plus de deux cents, mais à la vente aux enchères ce matin-là seules six personnes se présentèrent. L'une d'elles était l'éleveur dont les bêtes avaient été dévorées par les loups. Il discutait avec le garde forestier qui était présent pour garantir la bonne marche des opérations.

S'ils m'attaquent, explique-moi pourquoi moi je pourrais pas les attaquer ?

Ils ne t'attaquent pas toi. Ils attaquent tes bêtes.

C'est pareil.

Non, c'est pas pareil. De toute façon faut pas croire que c'est moi qui décide. Espèce protégée. Tu prends les indemnisations et fin de l'histoire.

Les indemnisations ! Je me paye à peine un café avec leurs indemnisations !

Allez, voyons, c'est pas la faute des loups ça.

À neuf heures l'employée communale déclara que la vente pouvait commencer. Elle partit du lot numéro un, qui fut le premier invendu. Invendus aussi le deux et le trois. Le prix de départ était fixé à cent euros le lot. Elle demanda : Quelqu'un a-t-il une offre pour le numéro quatre ? Mais dans les trente ou quarante premiers lots il y avait du pin sylvestre dont personne ne voulait. C'était un bois tordu, résineux, il encrassait les conduits, et vu qu'il y avait l'embarras du choix, autant s'adjuger le mélèze qui brûlait mieux. L'employée se retrouva donc à remonter un bon bout de chemin en appelant les numéros dans le vide.

Pour Fausto, ce fut comme reparcourir les jours de l'été. À présent qu'ils sortaient en grosse veste, il était difficile de croire qu'il ait pu faire chaud là-haut. Croire à la chaleur et à la légèreté des journées de juillet : les feux dehors, les mains poisseuses de résine, le renard qui fourrageait dans les épluchures de pommes de terre, les cheveux pleins de sciure des bûcherons. Ciao *chef** ! Et aussi les courses pour retrouver Silvia au refuge. La question de l'employée communale se transforma en rengaine. Quelqu'un a-t-il une offre pour le numéro quarante-deux ? Quelqu'un a-t-il une offre pour le numéro quarante-trois ? Un été entier de labeur, et tout ce bois ne valait même pas vingt euros le stère.

Alors, comment tu vas l'appeler ? demanda Santorso. Dio Faus ?

Non, non, ça restera Le Festin de Babette.

Même sans Babette ?

Ce sera moi Babette.

Et ta copine, elle va travailler avec toi ?

Fausto tapa du bout du pied dans un champignon que quelqu'un avait cueilli puis laissé la tête en bas. Jamais compris ceux qui faisaient ça. Quelques jours plus tôt il avait parlé avec Silvia au téléphone, mais sa réaction n'avait pas été celle qu'il escomptait.

Ma foi, si ça lui chante.

Comment ça, si ça lui chante ?

Va comprendre les désirs des autres.

À qui le dis-tu.

Ils arrivèrent aux abords de la route forestière, et les désirs des montagnards se réveillèrent. Quelqu'un a-t-il une offre pour le numéro cinquante-sept ? Moi, dit l'un. Qui dit mieux ? Personne. Ce ne furent pas de véritables enchères puisqu'ils s'étaient déjà mis d'accord. Chacun acheta au prix de départ les cinq lots qui lui revenaient, à l'endroit le plus commode pour accéder en tracteur. Santorso acheta les siens plus en hauteur, au soleil, là où les anneaux de croissance du mélèze se réduisaient et le bois était rouge et dur, et Fausto prit le cent huit parce qu'il aimait bien ce numéro.

Santorso le voyait mélancolique. T'en prends qu'un ?

Mais oui.

Prends-en quatre autres, voyons.

Et qu'est-ce que j'en fais ?

Coupé en quartiers et en bûches, on le vend bien. Je t'aiderai. Ça nous fera un peu de travail avant l'hiver comme ça.

Si tu le dis.

Il en prit cinq, du cent huit au cent douze. Ça lui fit bizarre de se dire qu'il possédait des arbres, même si ce n'étaient plus des arbres, en l'occurrence, mais seulement des troncs empilés les uns sur les autres. L'employée lui remit un papier pour qu'il aille payer son dû à la mairie, après quoi la vente aux enchères fut déclarée conclue. Quelque cent soixante-dix lots restèrent invendus, qu'une entreprise emporterait à prix sacrifié au printemps.

36

Les mélèzes

Je ne sais pas si j'ai envie de passer encore un hiver à servir des skieurs, dit-elle. C'était pas ce dont tu m'avais parlé.

Mais c'est quelque chose, dit-il.

Si c'est que ça, je peux retourner servir des bières dans le pub du quartier ici.

C'est pas Fontana Fredda.

Tu sais, il y a rien qui me lie spécialement à Fontana Fredda, moi.

Et à moi ?

Silvia ne répondit pas. Un mois de plaine, et déjà sa voix était à des milliers de kilomètres. Fausto avait plusieurs fois constaté, même chez lui, qu'on pensait la montagne d'une façon quand on y vivait, et d'une autre quand on en était loin. Avec la distance, la réalité s'estompait et ne se résumait plus qu'à une idée : les bois, les maisons, les champs, les torrents, les animaux et les hommes devenaient un triangle avec la neige au sommet, le mont Fuji à l'horizon dans les estampes d'Hokusai.

J'aimerais passer un peu de temps avec mon père, dit Silvia.

Bien sûr, je comprends.

Comment c'est là-haut ?

Silencieux. Tu sais ce qui est triste quand l'automne arrive ? On n'entend plus les sonnailles.

Et qu'est-ce qu'on fait à Fontana Fredda en octobre ?

On coupe du bois. On espère que l'eau continuera de couler dans les fontaines. On récolte les pommes de terre. J'ai aidé Gemma l'autre jour, on a dû en ramasser deux quintaux.

Qui c'est, Gemma ?

Ma voisine, tu ne te rappelles plus ?

Ça ne me dit rien.

C'était vraiment ça : Fontana Fredda perdait rapidement sa réalité chez elle. Ils parlèrent encore du restaurant, du personnel qu'il faudrait engager et de la date d'ouverture, et Silvia conclut qu'elle y réfléchirait un autre jour.

Je pourrais faire les deux semaines à Noël. Je ne dois pas nécessairement être là tout l'hiver. Je viendrai te donner un coup de main.

Bien sûr.

Ne le prends pas mal, hein.

Non, non.

Qu'est-ce que tu prépares de bon ce soir ?

Je n'aime pas cuisiner pour moi tout seul. Peut-être deux œufs.

Prends soin de toi, *chef**.

Toi aussi.

Fausto raccrocha peu après. Sur le balcon où il se trouvait, la voix de Silvia lui manqua immédiatement. Il observa la forêt et remarqua que les branches les plus exposées des mélèzes commençaient à jaunir. C'étaient les arbres de Fontana Fredda, arbres du soleil, du vent, des versants au sud, mais ils n'aimaient pas le gel, et lorsqu'ils le sentaient arriver, ils entraient en léthargie. Les sapins, impassibles, gardaient leurs aiguilles et ne gaspillaient pas leurs forces dans la mue saisonnière : deux arbres si proches, et deux stratégies si différentes pour affronter l'hiver. Les premiers à faner étaient les mélèzes blessés, qui par la foudre, qui par une chute de pierres, qui par une excavation ayant coupé une racine, mais en l'espace de quelques jours, la forêt entière virerait au jaune et au rouge, se retranchant dans un long sommeil pendant que le vert foncé des sapins monterait la garde.

Fausto avait lu quelque part que les arbres, contrairement aux animaux, ne pouvaient chercher la félicité autre part. Un arbre vivait là où sa graine était tombée, et pour être heureux, il devait faire avec. Ses problèmes il les résolvait sur place, s'il en était capable, et s'il ne l'était pas il mourait. La félicité des ruminants, en revanche, suivait l'herbe, à Fontana Fredda c'était une vérité manifeste : mars au bas de la vallée, mai dans les pâturages des mille mètres, août dans les alpages aux alentours des deux mille, puis de nouveau en bas pour la félicité en demi-teinte de l'automne, la seconde modeste floraison. Le loup obéissait à un instinct moins compréhensible. Santorso lui avait raconté qu'on ne comprenait pas très bien pourquoi il se déplaçait, l'origine de son intranquillité. Il arrivait dans une vallée, y trouvait peut-être du gibier à foison, pourtant quelque chose l'empêchait de devenir sédentaire, et tôt ou tard il laissait tous ces cadeaux du ciel et s'en allait chercher la félicité ailleurs. Toujours par de nouvelles forêts, toujours derrière la prochaine crête, après l'odeur d'une femelle ou le hurlement d'une horde ou rien d'aussi évident, emportant dans sa course le chant d'un monde plus jeune, comme l'écrivait Jack London.

Mais Fausto n'était pas du genre à pleurer sur son sort. Il se dit que Silvia viendrait peut-être à Noël, après tout. Et peut-être quelques samedis et dimanches pour lui donner un coup de main. Il ne tenait qu'à eux de trouver comment continuer, s'ils le voulaient. Puis il sentit le soleil d'octobre, tiède sur sa peau – ne le gaspille pas, se dit-il, ne le gaspille pas –, il mit ses chaussures et s'en alla en montagne faire un tour.

Rêves de Fontana Fredda

Cette nuit-là, comme les mélèzes l'avaient prévu, les fontaines de Fontana Fredda se voilèrent de glace. Le ciel était limpide et étoilé et par terre l'humidité formait des cristaux de givre. Gemma s'était mise au lit sitôt le soleil couché : plus les heures où il faisait noir s'allongeaient et plus s'allongeaient celles sous les couvertures, et alors commençait pour elle la saison du rêve. Le présent la déroutait mais le passé lui revenait avec clarté quand elle s'endormait. Cette nuit-là, elle rêva d'elle enfant, elle rêva d'un jeune veau qu'elle avait pendant la guerre et elle rêva des soldats qui le lui prenaient. Les soldats installés dans l'école du village tirèrent sur le jeune veau, le dépecèrent et festoyèrent toute la nuit. Elle réentendit le coup de feu, elle revit le sang sur la neige, et serrée dans les bras de sa mère elle pleura toutes les larmes de son corps d'endormie, une vieille femme de quatre-vingts ans qui en avait de nouveau sept.

Dans une chambre aux valises bouclées, Babette rêva de son amant du Sud. C'était un homme qui était là sans être là, à moitié réel et à moitié fantasmé, mais une chose était sûre, il savait y faire. Il était brusque dans ses baisers et doux avec ses mains. Elle se sentait libre, elle pouvait demander et faire tout ce dont elle avait envie, et dans son rêve le sexe la mettait en joie, dans leurs ébats ils riaient beaucoup. Elle se réveilla avant la fin : pourquoi ses rêves se terminaient-ils toujours au meilleur moment ? Elle essaya de le prolonger éveillée et finit en quelque sorte par y parvenir, même si ce n'était pas la même chose.

Santorso dormait du sommeil du gin, il avait des sueurs froides et mal aux tripes. Il rêva du loup qu'il n'avait pas encore vu. Il était en montagne, à la chasse aux coqs, il suivait son chien parti sur une piste et se retrouva nez à nez avec le loup, dans la neige. Il était tranquillement assis et le regardait. Santorso fit le geste de tourner son fusil, il le portait à l'épaule pour pouvoir s'en saisir en un éclair, mais ses mains se refermèrent sur du vent. Il se rappela alors qu'on le lui avait confisqué. Il regarda le loup qui le regardait comme on regarde un idiot, et il dit : Bordel, mais je te fais même pas peur ? Pourtant je pourrais te réduire en chapka ! Va-t'en, va, retourne d'où tu viens !

Silvia du haut de son cinquième étage de banlieue rêva du refuge, du glacier et de la pente qui menait au col du Félik. Il n'y avait pas de premier de cordée devant elle. Ni Fausto, ni Pasang, ni une trace que quelqu'un aurait battue avant elle. Mais le chemin, elle le connaissait. Elle avançait seule sur cette pente en plantant les crampons dans la neige glacée, le piolet qui marquait le pas, les jambes fortes et assurées, sur le point d'atteindre sa cité perdue.

Et Fausto cette nuit-là rêva du vieillard, du vieillard fou de dessin. Il pouvait avoir quatre-vingt-dix ans ou dans ces eaux-là. Il peignait à même le sol, sur un plancher en bambou, dans une pièce aux murs en papier : il le voyait de l'extérieur mais en même temps le vieillard, c'était lui. Il était si âgé qu'il lui suffisait de trois ou quatre coups de pinceau pour peindre ce qu'il avait en tête. Trois ou quatre, il pensa, mais pas un. J'aurai réussi, se dit-il, quand un seul coup de pinceau me suffira, pour peindre le Fuji et tout le reste. Il y avait une fille avec lui, ou peut-être était-ce une compagne si jeune qu'elle paraissait sa fille, qui prenait le dessin achevé et lui passait une nouvelle feuille, affectueuse mais sévère. Essaye encore, lui disait-elle sans parler. Elle avait de beaux cheveux longs de Japonaise, noirs et lisses et brillants et lavés de frais.

Et ces rêves faisaient autant partie du paysage de Fontana Fredda que les forêts dévastées par le vent, les lots de troncs invendus, les torrents à sec de l'automne, les chevreuils qui sortaient paître sur la piste de ski encore dépourvue de neige, les sombres petits chalets et les myrtilles flétries et les mélèzes qui commençaient à jaunir, les chiens errants des bergers et la fine couche de glace qui se formait dans les vasques des fontaines. Fontana Fredda était faite à parts égales de réalités et de désirs. Et autour de Fontana Fredda la montagne existait, parfaitement indifférente aux rêves de ces êtres humains, et elle continuerait d'exister à leur réveil.

Fontane, 2021

Ce livre est pour Barbara, une artiste du refuge.
Et pour toutes mes amies là-haut au cercle polaire.

Même fantôme
je m'en irai léger
par les bois d'été.

Sommaire

Cet ouvrage a été composé
par Belle Page
et achevé d'imprimer en France
par CPI BRODARD & TAUPIN (72200 La Flèche)
pour le compte des Éditions Stock
21, rue du Montparnasse, 75006 Paris
en août 2021

PAPIER À BASE DE
FIBRES CERTIFIÉES

Stock s'engage pour
l'environnement en réduisant
l'empreinte carbone de ses livres.
Celle de cet exemplaire est de :
700 g éq. CO_2
Rendez-vous sur
www.editions-stock-durable.fr

Imprimé en France

Dépôt légal : août 2021
N° d'édition : 01 - N° d'impression : 3044297
56-08-7257/1